떡상의 세계

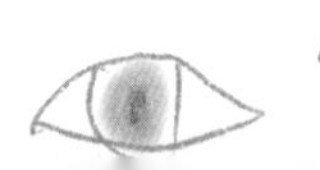

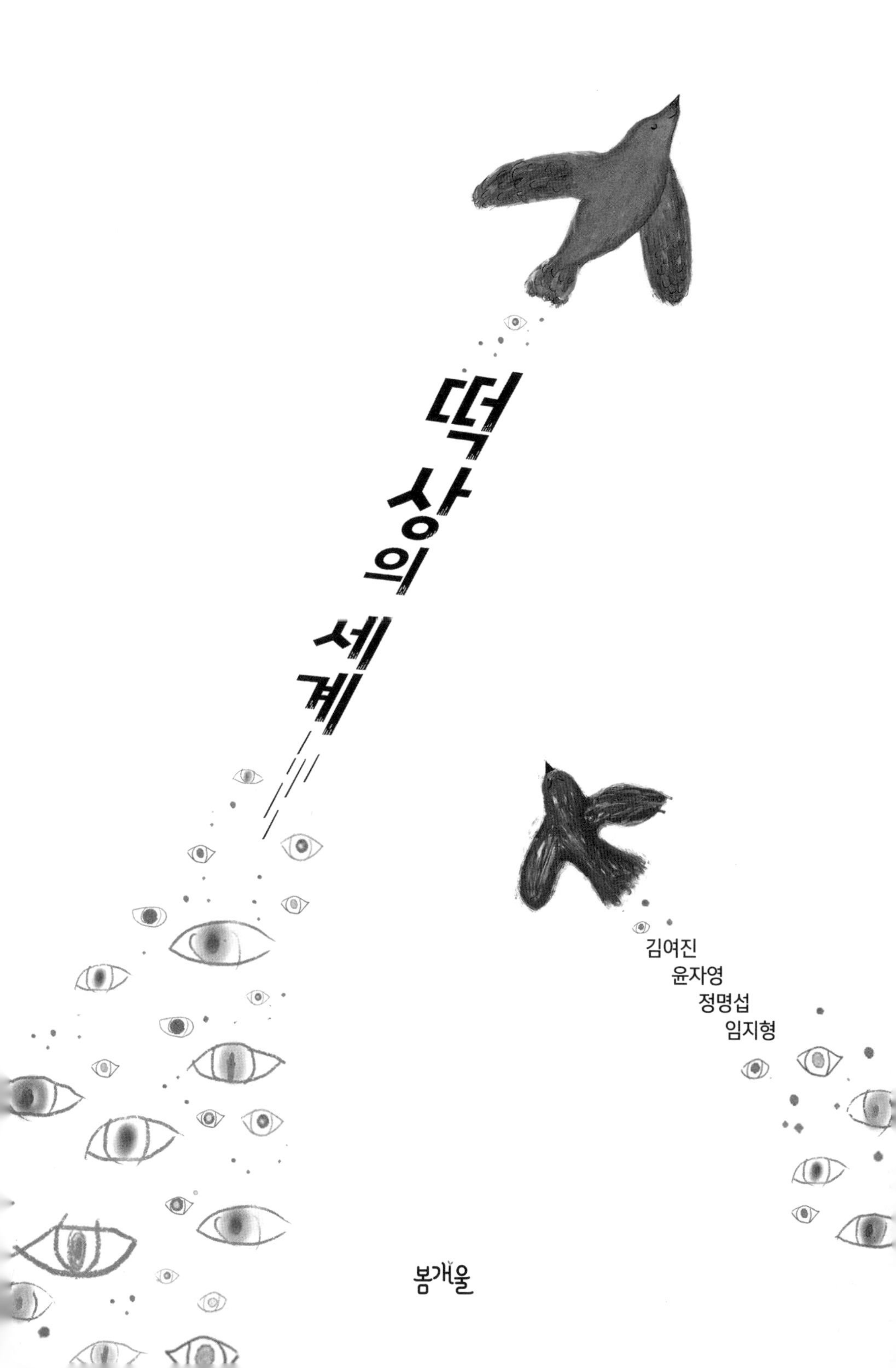
떡상의 세계
김여진
윤자영
정명섭
임지형
봄개울

차례

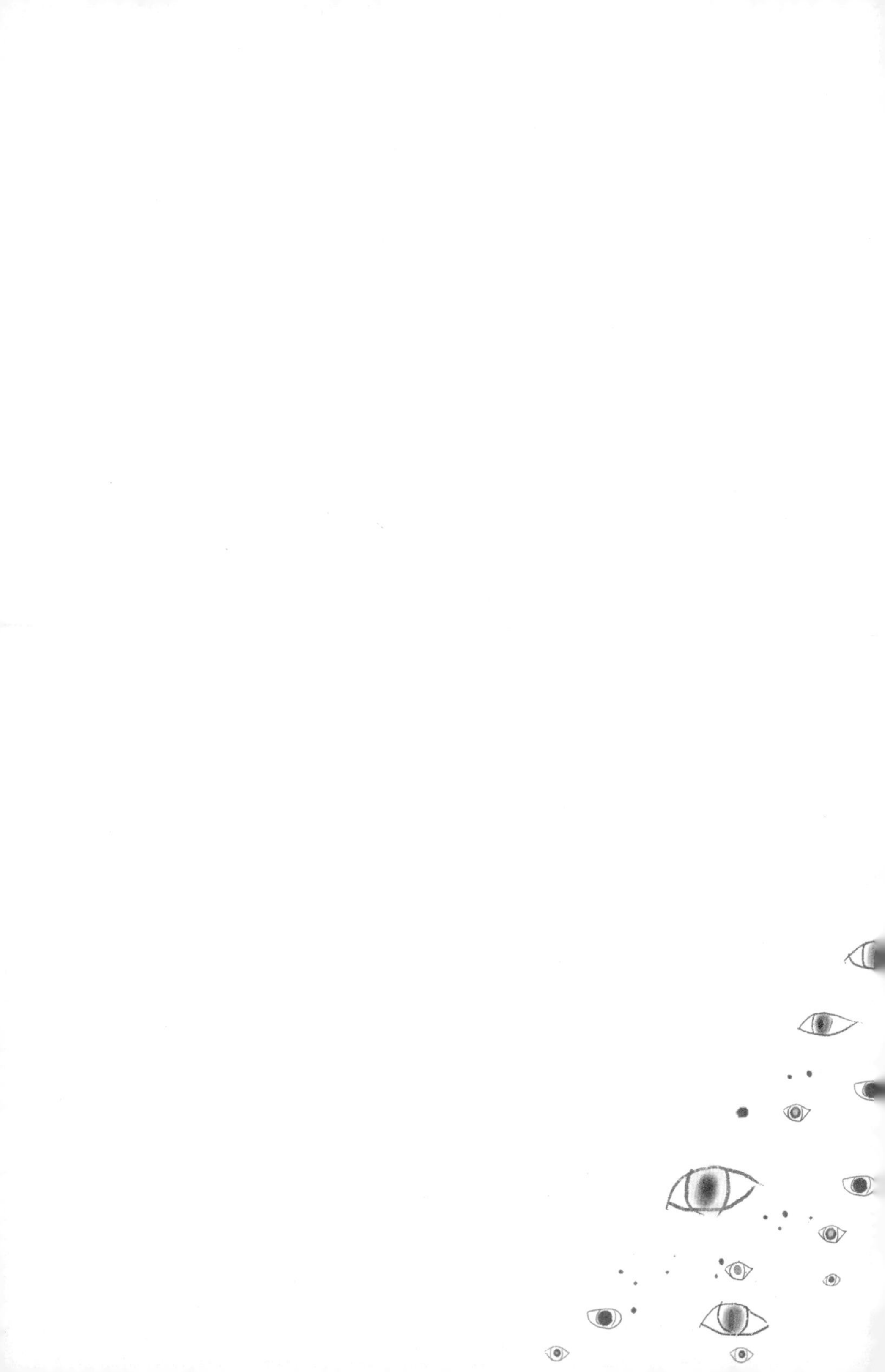

떡상의 세계

김여진

"자, 우리 죽지 말고 불행하게 오래오래 살아요.
불행한 얼굴로 여기, 뉴월드에서."

영화 〈꿈의 제인〉 중 제인의 대사

1

오늘은 구독자가 세 명 늘었다. 몇 주간 긁어모은 게 구독자 47명. 솔직히 까놓고 말하면 쪽팔린다. 친하지도 않은 애들한테 거짓 미소 지어 기며 구걸해서 모은 게 이거다. 거지 같지만 어쩌라고? 유튜버들과 셀럽들이 구독, 좋아요, 알림 설정에 집착하는 게 꼴사나웠는데, 막상 내가 해 보니까 절박하다. 만약 사 줄 사람만 있다면, 구독자 한 명당 내 거지 같은 영혼을 잘게 쪼갠 조각이라도 팔고 싶다.

"구독자 몇 명?"

유찬이 바나나 우유를 건네며 물었다.

"아, 몰라. 짜증나. 구독자 수 늘릴 방법 없을까?

나는 바나나 우유 뚜껑을 벗기며 신경질을 잔뜩 부렸다.

"알신[1]."

---

1) '알고리즘 신'의 준말.

유찬이 사뭇 진지한 척 무게를 잡았다.

"누가 모르냐?"

"개또라이거나 존예, 존잘이거나. 넌 다 아니잖아."

"뼈 때리네. 주제를 영화로 잡은 것 자체가 틀려먹었나? 하여간 1년 안에 구독자 천 명 안 되면 그냥 접는다."

민망하고 뻘쭘해서 괜히 마음에도 없는 선언을 했다.

"곧 접겠네."

"죽을래?"

하여간 정유찬 깐죽거리는 건.

유찬과 말을 붙이게 된 건 순전히 무의식 때문이었다. 최대한 조용히, 있는 듯 없는 듯 투명 인간처럼 지내다 중학교를 졸업하는 게 내 목표였다. 어차피 공부도, 말썽도 수준급이 못 된다면 그냥 짜부라져 있는 게 나았다. 성공적으로 쥐 죽은 듯 존재하던 나날이었다. 역사 시간에 선생님이 뜬금없는 질문을 하기 전까진.

"태평양 전쟁을 다룬 일본 애니메이션 제목이 뭐였지? 갑자기 생각이 안 나네."

나도 모르게 무의식적으로 목소리가 먼저 나갔다.

"〈반딧불의 묘〉요."

나 말고 대답하는 애가 한 명 더 있었다.

"저 알아요, 〈반딧불의 묘〉."

창가 구석에 앉아 늘 뭔가 읽던 애였다. '정유찬'이란 이름을 그날 처음 알았다. 역사 선생님의 그 질문이 아니었다면, 지금도 난 학교에서 입에 거미줄을 치고 지냈을 거다.

정유찬이란 애한테 관심이 생겼지만, 먼저 말을 걸어 볼 생각은 눈곱만치도 없었다. 그건 내 투명 인간 놀이의 규칙에 어긋나는 일이었으니까.

다시 정유찬과 엮인 건 또 역사 선생님 때문이었다.

"자, 학기 초에 말했듯이 수행 평가는 두 명씩 한 팀이 되는 팀별 프로젝트 발표다. 오늘 팀을 한 번 정해 보자고. 엄청 기대되지?"

선생님의 말이 끝나기도 전에 아이들이 우는 소리를 했다. 짜증과 애원이 뒤섞인 소리였다. 소용없는 짓이다. 역사 선생님은 한없이 부드러워 보이지만, 이 정도엔 눈도 깜짝 안 하는 사람이다.

"자, 같은 알파벳을 뽑은 사람끼리 한 팀이다. 팀이 되면 발표 주제부터 정하고."

아이들이 한 명씩 나와 상자에서 쪽지를 뽑았다. 뽑기가 끝나자 아이들이 교실을 두리번거리며 자기와 같은 알파벳을 뽑은 짝을 찾아다녔다. 짝을 찾은 아이들은 모여 앉아 연습장에 무언가를 끄적거렸다.

내 알파벳은 H였다. 내 짝은 없나? 우리 반은 홀수니까 혹시 내 짝이 없는 건지도. 그러면 땡큐다.

"H 뽑은 사람?"

누군가 소리쳤다. 정유찬이었다.

"에이…치? 너?"

유일하게 아는 얼굴을 마주하니 민망하면서도, 묘하게 안심이 되었다. 우리는 어색하게 잠시 앉아 있다가 각자 며칠간 주제를 생각해 보고 다시 만나기로 했다.

"저기, 채은휘. 전화번호 좀……."

"전화번호는 왜?"

나도 모르게 딱딱한 목소리로 대꾸했다.

"수행 평가 프로젝트 같이 준비하려면 연락처 정도는 알아야 할 것 같은데."

퉁명한 내 목소리에도 정유찬은 불쾌한 기색 없이 대답했다.

"아, 그렇네. 내 번호 이거야. 이따 문자 보내 줘."

연습장에 전화번호를 쓴 다음 쭉 찢어 건넸다. 중학교 들어와서 처음으로 말을 걸 명분이 있는, 친구 비슷한 게 생겼다. 친구가 아니라 친구 비슷한 거라도 없는 것보단 있는 게 나았다. 아무렇지도 않게 일상을 털어놓을 수 있는 누군가면 충분했다.

2

엄마에겐 두 가지 표정이 있다. '무심함'과 '사무적인 미소'.

무심한 엄마 얼굴을 보고 있으면, 마치 거울 속 내 모습을 보는 것 같아 께름칙했다. 그래도 아빠가 있을 때 엄마는 울기도 하고, 소리를 지르기도 했다. 최소한 살아 있는 사람 같았다. 엄마의 무심한 표정도 싫었지만, 얼굴 거죽에서 즉석으로 쥐어짠 것 같은 사무적인 미소는 더욱 참기 힘들었다. 굳이 골라야 한다면 무심함이 나았다.

그런데 지금 엄마 표정은 둘 다 아니었다. 엄마가 이런 표정을 짓는다고?

"은휘야, 저기……."

엄마는 식탁에 앉아서 작은 목소리로 나를 불렀다. 고개를 살짝 숙이고 식탁 위의 꽃병을 매만지고 있었다. 꽃병에는 샛노란 작약이 꽂혀 있었다. 식탁 위에 꽃병이 있는 풍경이 낯설었다. 엄마의 가녀린 목에서 처음 보는 로즈골드 펜던트가 한들거렸다.

"왜? 뭐데?"

나는 묘한 긴장감을 느끼며 대꾸했다. 목이 살짝 쉰 것 같은 기분이었다.

"토요일 저녁에 시간 있나 해서……. 학원 보강 같은 거 있어?"

"나 학원 다 끊은 거 몰라?"

일부러 약간의 적개심을 담아 나직하게 말했다.

"알아. 혹시나 하고."

"뭔데? 무슨 일인데 자꾸 뜸을 들여?"

엄마 얼굴이 발그스름해졌다. 복숭앗빛 블러셔를 칠한 것처럼 화사한 색으로 물들었다. 설마 내가 생각하는 그거인가? 맙소사!

"소개해 주고 싶은 사람이 있어, 은휘야."

저기요, 엄마. 철 좀 드세요. 연애 같은 건 내가 해야 어울리지 않나요? 목에 얼음이 닿은 것처럼 차가운 말을 내뱉고 싶었지만 끝내 참고 대답했다.

"알았어."

사실 그동안 엄마가 좀 수상하긴 했다. 전화가 울릴 때마다 베란다로 나가 문을 꼭 닫고 한참을 통화했다. 또 과하다 싶을 정도로 큰 꽃다발을 받아 오기도 했다. 그래도 별로 신경 쓰지 않았다. 우린 서로 터치하지 않는 쿨한 모녀 사이니까.

토요일, 엄마와 낯선 남자 그리고 나, 셋이 만나기로 한 장소는 이탈리안 식당이었다. 서둘러 출발해서인지 약속 시간보다 조금 일찍 도착해 예약한 자리에 앉았다. 나는 뭔가 멋쩍어서 괜히 식당을 두리번거렸다. 테이블마다 다른 꽃이 꽂혀 있었다. 내가 묻기도 전에 엄마는 와인 동호회에서 만난 사람이라고 수줍게 털어놓았다. 그냥 대학원을 벗어나서 다양한 사람들하고 사귀고 싶어서 가 본 자리였다고.

그 얘기만으로는 오늘 어떤 남자가 올지 상상이 되지 않았다. 엄마보다 몇 살 많다면 사십 대 후반쯤 될 터였다. 튀어나온 배에 흰머리 추가. 대머리가 아니면 그나마 다행일 것이다.

엄마가 식당으로 들어서는 누군가를 보고 "여기에요, 준현 씨." 하며 자리에서 일어섰다. 나는 그 틈에 유찬에게 톡을 보냈다.

정유찬, 엄마 남친 왔나 봐.

오늘 완전 처음 보는 거?

엉. 배불뚝이에 한 표.

혹시 모르지. 의외로 훈남이면 어쩔래?

우리 엄마한테 그런 훈남이 왜 오겠냐?

됐고, 어쨌든 얌전한 척 잘하셔.

오키. 그건 내 전공.

흰 남방을 치노 팬츠 허리춤에 깔끔하게 넣어 입은 남자였다. 불룩하게 배가 나오지도 않고, 시원하게 대머리가 벗겨지지도 않았다. 예상과 다른 멀끔한 모습에 기분 좋은 긴장감이 몰려왔다.

남자가 낀 우리 셋의 대화는 요란하지는 않았지만 부드럽게 이어졌다. 엄마는 그 어느 때보다 예뻐 보였다. 아저씨 앞에선 이런 표정을 짓는구나. 아빠랑 있을 땐 항상 울거나 화를 내고 있었는데.

"나 화장실 좀……."

파스타와 피자 접시가 어느 정도 비워지자 엄마가 화장품 파우치를 들고 자리에서 일어섰다. 가뜩이나 낯가림이 심한 나는 엄마가 자리를 비우자 비상사태였다.

"은휘, 영화 많이 좋아한다며? 엄마한테 들었어."

남자가 부드럽게 흘러내린 웨이브 진 앞머리를 쓸어 올리며 말했다. 분명히 엄마보다 몇 살 많다고 했는데, 아무리 봐도 젊어 보였다.

"네? 아, 그냥 조금요."

"그냥 조금이 아닌 것 같던데. 아저씨도 영화 찍는 사람이잖아. 딱 보면 알지."

남자가 날 꿰뚫어 본 것 같았지만, 왠지 싫지 않았다. 가슴속에서 나비 한 마리가 파닥거렸다. 엄마가 화장실에서 오래 걸렸으면 좋겠다!

"아저씨는 어떤 감독 좋아하세요?"

"나? 아, 너무 많아서 고르기가 힘든데."

미소가 걷히고 골똘히 생각에 잠긴 모습도 감독 같았다. 엄지와 검지로 딱 소리를 내더니 남자가 나를 똑바로 바라보며 말했다.

"요즘은 고레에다 히로카즈[2]. 은휘는?"

아, 심장 근처에 나비가 수백 마리 몰려들어 날갯짓으로 토네이도를 일으키는 것 같았다. 뭐지? 내가 엄마한테 고레에다 감독 작품 얘기를 한 적 있었나? 아닌데. 엄만 모를 텐데. 나도 너무너무 좋아하는 감독이라고 외치고 싶었다. 하지만 흥분을 꾸깃꾸깃 접고 되물었다.

"고레에다 감독 최애 영화는요? 저는 〈아무도 모른다〉요."

남자가 손가락으로 내 입 쪽을 가리키며 냅킨을 건넸다. 입가에 뭐가 묻었나? 얼굴이 조금씩 뜨끈해지는 것 같아 시선을 피하면서 서둘러

2) 일본을 대표하는 영화 감독으로, 소외된 삶이나 가족을 소재로 한 영화를 많이 만들었다.

냅킨으로 입술 주변을 닦았다. 허둥지둥하는 나를 똑바로 바라보며 남자가 말했다.

"나는 <그렇게 아버지가 된다>가 최애."

아, 이 영화를 고르지 않길 바랐다.

아니, 사실 미치도록 이 대답을 듣고 싶었다.

3

오늘 구독자는 138명.

급식을 후딱 먹고 운동장 스탠드에서 만날 때마다 유찬은 꼭 내 유튜브 얘기를 한다. 예의상 챙겨 주는 것 같아서 민망하고 쪽팔렸다. 하지만 물어봐 주는 사람이 유찬이뿐이니까 진짜 내 마음은 고마운 쪽에 가까웠다. 쪽팔리는 걸 상대가 아는 게 쪽팔릴 뿐.

"138명? 많이 늘었네?"

"아니, 별로."

"이제 한 달인데 뭐. 시작한 지 얼마 됐다고."

"댓글 없는 것도 지쳐. 악플이라도 달렸음 좋겠어."

"그러게. 악플보다 무서운 게 무관심이라더니 진짜네."

유찬이 추천해 준 대로 섬네일에 짭조름한 떡밥을 뿌렸지만 큰 반응은 없었다. 지금 가장 흥행 중인 영화를 골라 성대모사를 입혔는데도 잠잠했다.

조금 더 자극적인 게 필요할까? 유튜브 세계에서 대사 한마디 없는 행인1 역할을 하고 싶진 않다. 그렇다고 채널을 열자마자 구독자가 곧바로 쭉쭉 오를 거라고 기대했던 건 아니다. 새삼 놀랍진 않지만, 새 영상을 업로드할 때마다 실망감이 차곡차곡 쌓였다. 그래, 기적을 너무 쉽게 바랐다.

4

운동회 달리기 시합을 떠올리면 앞서가는 친구들의 등만 기억났다. 그 애들의 운동화가 따갑게 모래알을 튀기며 조금씩 멀어졌다. 숨이 턱 끝까지 차오르도록 달리지만 어차피 1등은 할 수 없었다. 그렇다고 도중에 그만 달릴 수도 없었다.

아빠와 엄마가 이혼하고, 엄마와 단둘이 보낸 날들은 어차피 이기지 못할 걸 알면서 뛰는 불행의 달리기였다. 엄마가 나에 대한 관심을 모두 거둬들이면서 '행복'이라는 단어는 점 몇 개로만 남아 있었다.

부모님이 이혼한 건 차라리 괜찮았다. 진짜 괜찮을 리 없지만, 어차피 그걸 아는 친구가 없으니 상관없다는 뜻이다. 사람이 죽으면 장례식을 열어 당당하게 슬픔을 위로받을 수 있다. 하지만 이혼은 동네방네 소문내고 위로받을 수 있는 행사와는 달랐다. 내 잘못이 아닌데도 부모님의 이혼을 난 꽁꽁 숨기고 싶었다. 그리고 여태껏 잘 숨기며 지내 왔다.

반면 결혼은 얘기가 달랐다. 새로운 출발이고, 많은 축하를 필요로

하는 일이다. 엄마에게 남자 친구가 생긴 것도 뜻밖이지만, 결혼까지 자연스럽게 진행될 거라곤 생각지 못했다.

"엄마 웨딩드레스 고르는 데 같이 갈래?"

내가 좋아하는 샐러드 파스타를 식탁에 놓으며 엄마가 물었다. 처음 남자 친구 얘기를 꺼낼 때와는 사뭇 다른 느낌이었다.

엄마의 웨딩드레스를 골라 주는 건 흔한 일이 아니다. 부모가 결혼하고 나서야 자식이 태어나니까. 난 죽어도 웨딩드레스 따위 입을 일이 없을 테니 더더욱 특별한 경험이 될 것 같았다. 게다가 내가 코디는 좀 한다. 난 기꺼이 엄마의 요청을 받아들였다.

결혼식을 얼마 앞두고 엄마와 나는 나란히 거실 탁자에 앉아 가내 수공업을 했다. 엄마가 청첩장을 반으로 접어 봉투에 넣어 주면, 내가 금빛 실링 왁스로 봉투를 봉했다. 뇌를 텅 비우고 하는 단순 작업은 즐거웠다. 엄마의 비현실적인 결정이 내 일상에 가랑비처럼 소소한 기쁨을 뿌렸다. 점 몇 개로만 존재하던 행복이 조각으로 넓적하게 다가온 듯했다.

드디어 결혼식 날, 우아한 웨딩드레스를 입은 엄마는 아름다웠다. 군살 없는 몸매도 돋보였다. 아저씨는 엄마의 허리 뒤를 가볍게 감싸 안았다. 수십 명 남짓한 하객들 앞에서 엄마는 활짝 웃었다. 내가 하지 못한 일을 아저씨가 해냈다. 하긴 엄마도 날 웃게 하지 못했으니 서로 빚진 게 없는 셈일까? 이제부터 아저씨는 아빠가 되고, 엄마는 예전의 표정을 되찾고, 난 어리둥절한 기쁨을 기꺼이 받아들이는 거다.

5

커튼과 소파를 화사한 파스텔 톤으로 바꿔서일까? 거실 바닥에 착 가라앉아 있던 묵직한 공기, 아무리 환기를 시켜도 다시 발목께에 자리하던 그 칙칙한 공기가 우리 집에서 더 이상 느껴지지 않았다. 옅고 따뜻한 노란 햇살이 거실을 감싸고 있었다. 텔레비전 맞은편 벽엔 '가족사진 무료 촬영권'에 당첨됐다며 아저씨가 찍자고 한 커다란 가족사진이 붙어 있었다. 진짜 당첨된 건지는 의문이지만, 셋 다 웃고 있는 모습이 좋아 보였다.

거실로 나왔을 때, 아저씨는 다리를 꼬고 소파에 앉아서 넷플릭스를 보고 있었다. 엄마는 보이지 않았다. 방에서 논문 작업하나? 아저씨를 일부러 피할 만큼 불편하진 않았지만, 아직 조심스러웠다.

"은휘야, 뭐든지 도움 필요하면 아저씨한테 편하게 말해."

아저씨 목소리는 언제나처럼 다정했지만, 조심스럽게 거리를 두고 있었다. 그런 조심성이 기분 나쁘지 않았다.

"뭐…… 어떤 도움이요?"

"용돈을 달라든지, 학교 갈 때 차로 데려다 달라든지."

"괜찮아요! 딱히 필요한 건 없어요."

"아니면, 은휘 유튜브 찍는 거 도와줄까? 아저씨가 영화감독이잖아. 히트 친 건 딱 한 편이긴 해도, 감독은 감독이니까."

이 말엔 '괜찮아요!'라는 대답이 선뜻 나오지 않았다. 솔직해지자, 채은휘. 정말 구독자 늘리고 싶잖아. 솔직해도 되잖아. 아저씨도 이제 가족인데.

"한 번만 도와주게 해 줘. 아저씨가 하고 싶어서 그래. 정말이야."

내가 고민하는 걸 눈치챘는지 아저씨가 어린아이처럼 졸랐다.

"그럼, 한 번 부탁할게요. 감사해요, 아저씨!"

너무 좋아서 왈칵 아저씨 목에 매달리고 싶었지만, 고개만 까딱하고 서둘러 방에 들어와 문을 닫았다. '내적 댄스'라는 말 누가 처음 만들었을까? 그 사람 천재야. 아, 내적 댄스를 격렬하게 추고 싶다.

아저씨와의 첫 촬영이었다.

아저씨가 말끔하게 인쇄된 스크립트를 내밀었을 때 후욱 숨을 들이쉬었다. 흐름은 물 흐르듯 자연스러웠고, 시셔울 법하면 깜짝 코너가 등장했다. 표정과 손동작까지 괄호 안에 적혀 있었다. 내 오래된 스마트폰 대신 아저씨의 커다란 DSLR[3] 카메라가 날 응시하니 자연스럽게 자세도 고쳐 앉게 되었다. 엔지가 날 때마다 아저씨는 칭찬을 하나씩 얹어서 격려했다.

"은휘, 보통이 아니다. 소질 있어. 내용을 완벽하게 소화해 내는데."

아저씨의 표정엔 과장이 없어 보였다.

"아니에요. 아니에요. 저 못해요."

얼굴이 붉어지는 게 느껴졌다. 뺨을 만지는 손도 뜨거웠다.

3) 디지털 단일 렌즈 반사식 카메라(Digital Single Lens Reflex).

"정말 소질 있다니까. 다음 편도 같이 준비하자."

함께 영상을 제작하는 게 이런 식이라면 매일 찍고 싶다. 아, 좋다! 구독자 수가 안 늘어도 좋아. 구독자 수가 안 늘어도 좋다고? 뭐래? 늘면 더 좋다!

하지만 역시 반전은 없었다. 애초에 아저씨와 함께 제작한 영상을 올린다고 갑자기 대박이 날 거라고 생각하지 않았다. 대신 긍정적인 댓글은 확실히 늘었다. 결과보단 과정이 중요하다고 했으니, 그걸로 충분했다. 유찬이 며칠 후 전화로 뜻밖의 소식을 전하기 전까지는.

"야, 채은휘! 뭐 해? 일어나, 당장!"

눈을 반쯤 뜬 채 시간을 확인했다. 6시 19분이었다.

"새벽부터 왜 난리야? 주말에는 잠 좀 자자."

"잠이 오냐? 너 터졌어."

유찬의 목소리에 알 수 없는 흥분이 잔뜩 묻어 있었다.

"뭐가 터져?"

"당장 이번 영상 조회 수 확인 고고. 나 이만 끊을게. 자세한 얘기는 만나서 해."

정신이 바짝 들었다. 마른세수로 눈을 슥슥 비비고, 유튜브를 켰다. 손이 바르르 떨렸다.

왔네, 왔어.

터졌노라, 오셨노라, 내렸노라.

그 분이 오셨다, 알신.

조회 수가 말 그대로 뜀박질을 하고 있었다. 새로 고침을 할 때마다 조회 수가 올라갔다. 구독자 수도 마찬가지였다. 댓글 또한 실시간으로 증식하고 있었다. 여태 올린 모든 영상에 달린 댓글 수를 다 합쳐도 이번 영상 댓글 수의 십분의 일에도 미치지 못했다. 댓글을 하나씩 읽을 때마다 아드레날린이 솟았다. 머리꼭지가 짜릿해졌다.

약 빨았나요. 시간 순삭.

바로 이것이야말로 K-중딩의 파워!

실제 영화보다 씨네수달이 분석해 주는 영화가 더 재밌는 거 실화?

다음 편 언제 올라오나요? 현기증 나요.

당장 다음 영상 찍고 싶다, 아저씨랑. 아니, 아빠랑.

6

알신 강림은 내 일상을 완전히 바꾸었다. 더 이상 숨만 쉬며 쥐 죽은 듯 학교를 다닐 수가 없었다. 내 이름도 몰랐던 아이들이 괜히 한 번씩 말을 걸었다. 등교를 하면 책상 위에 초코우유나 간식 따위가 놓여 있기도 했다. 자기도 초보 유튜버라며 날 보고 용기를 얻었다는 편지도 받았다. 복도에서 마주친 선생님들까지 "영화 덕후 유튜버가 너구나? 영상 잘 봤다." 하며 어깨를 두드려 주고 지나갔다.

아빠와의 촬영이 거듭됐고, 조회 수는 매번 예상 외로 터졌다. 아빠가 매끄럽게 쓴 스크립트를 꼼꼼히 읽은 뒤 촬영 큐 사인이 떨어지면 텐션을 한껏 높여서 마치 내가 쓴 것처럼 진행하는 게 이젠 숨 쉬듯 익숙해졌다. 매번 아빠가 스크립트를 쓰는 게 미안했지만, 고맙단 말을 하기엔 여전히 민망했다.

아빠의 생일. 고마운 마음을 표현하고 싶었던 나는, 유튜브 수익금과 모아 둔 용돈을 합쳐 최신 모델 카메라를 구입해 선물로 건넸다. 아빠는 순간 아무 말도 하지 못했다. 눈을 깜빡거리면서 눈물이 나는 걸 애써 참는 것 같았다. 꽤나 감동을 받은 눈치였다. 하지만 이 정도로 만족할 순 없다. 다음엔 더 큰 걸 선물해서 훨씬 더 감동시켜 드릴 것이다. 이런 생각에 빠져 있는데, 아빠의 목소리가 들려왔다.

"이제부터 콘텐츠는 은휘가 구상해 볼래? 스크립트를 직접 써 보면 어때?"

정신이 제자리로 돌아왔다. 이제 구독자 수가 제법 모였는데 내가 다시 콘텐츠를? 살 떨리게 두렵기도 했지만, 반면 손꼽아 기다리기도 했다. 촬영은 도움을 받더라도 내용은 온전히 내가 짜고 싶었다.

그날 밤, 나는 노트북 전원을 켰다. 빗 없이 손가락으로 머리카락을 슥슥 빗어서 고무줄로 단단하게 묶었다. 진짜 1인 크리에이터가 될 타

이밍이었다.

'아, 도대체 뭘 쓰지?'

아무리 아이디어를 짜내려고 해도 자꾸만 조회 수가 높았던 대박 영상만 머릿속에 맴돌았다. 쳇바퀴를 도는 기분이었다. 모니터 속 커서가 쉼 없이 깜빡였다. 나는 하얀 화면만 노려보다가 노트북을 탁, 소리 나게 덮었다. 오늘은 안 되겠다. 다리미질로 뇌 주름이 다 펴진 기분이었다. 기발한 생각이 떠오르지 않았다. 좀 쉬고 나면 내일은 최소한 오늘 같진 않겠지. 뭐라도 떠오를 것이다.

7

대박 기획으로 스크립트를 써 보겠다고 굳게 결심한다고 바로 아이디어가 샘솟진 않았다. 며칠에 걸쳐 끙끙대며 겨우겨우 쓴 어수룩한 스크립트로 촬영을 진행했다. 하지만 조회 수가 시원치 않았다. 실망스러웠다!

더 큰 문제는 다음이었다. 어수룩하게라도 스크립트를 쓸 수 있으면 다행이었다. '노잼 금지'이라는 자기 검열의 기준을 붙이고 나니, 자물쇠를 채운 듯 머릿속이 꽁꽁 묶인 기분이었다. 도대체 아무것도 떠오르지 않고, 아무 글도 써지지가 않았다.

게다가 멈춰 버린 내 머리의 속도와 아빠의 속도는 더욱 맞지 않았다. 스크립트를 독촉하는 아빠의 카톡은 밤이고, 새벽이고, 시간을 가리지 않았다. 약속한 날짜를 지키지 못하는 내가 한심할 뿐이었다.

은휘야, 스크립트 다 돼 가?

좀 졸려서 내일 할게요.

약속한 날짜가 오늘이잖아.

생각보다 잘 짜지질 않아요.

의지의 문제지. 이제 상승세 탔는데
여기서 멈출 거야?

죄송해요. 내일까진 꼭 드릴게요.

우리 은휘는 다 좋은데
이렇게 자꾸 회피하는 게 문제야.
피한다고 해결되는 게 아니잖아.

회피하는 게 아니고요…
진짜 피곤해서 그래요.

죽으면 그놈의 잠 평생 잘 수 있어.
잠이랑 네가 바라는 꿈이랑 바꿀 만큼 졸려?
은휘는 지금 우리 노력이 하찮은 거니?

아뇨…

아빠도 온통 여기에만 신경 쓰고 있어.
내가 장난으로 하는 것 같아?

정말 죄송해요…

됐다!
오늘은 이만 하자.

아빠의 카톡에는 이모티콘도, 웃음기도 없었다. 나도 하트를 주르륵 쏟는 이모티콘을 곧잘 썼는데, 오늘은 선뜻 누를 수 없었다. 잠자는 달님 이모티콘으로 대신했다.

채은휘, 정신 차리자, 내일은.

8

오늘의 구독자는 51,104명.

친구들이 기분 째지지 않냐고 물으면 난 뭐라고 해야 할까? 처음에 구독자 천 명이 넘었을 땐 하늘을 날 것 같았다. 만 명이 넘었을 땐 세상이 뒤집어질 것 같았고. 이 추세 그대로 10만 명을 넘기고 실버 버튼을 받을 줄 알았다. 그 은색 패널을 언박싱하는 영상을 폼나게 찍고 싶었다. 하지만 내가 하루아침에 떡상했듯이, 세상엔 치고 올라오는 유튜버들이 많았다. 모두 잠자코 놀지 않았다.

생각해 보자.

영화감독의 딸이 될 확률은 얼마나 될까?

영화감독인 아빠가 유튜브 콘텐츠를 함께 제작해 줄 확률은?

그렇게 함께 찍은 영상이 알고리즘 신의 강림을 받을 확률은?

그 희박한 확률로 행운이 내게 왔는데도 난 속도를 내지 못하고 있었다. 조급하지 않다면 거짓말이다.

요즘 아빠와의 촬영은 처음과는 달랐다. 아주 많이. 처음엔 사람들의 마음 깊숙한 곳을 건드리고 생각에 잠기게 하는 방향이었다. 하지만 요즘 내 채널은 자극적인 재미만 추구하는 분위기였다. 내가 내 채널에 적응이 안 될 정도였다.

오늘 기획 회의를 하면서 이 문제로 아빠와 부딪쳤다.

"아빠, 우리 처음에 찍었던 분위기로 가면 어때요?"

아빠가 미간을 찌푸렸다.

"영화와 유튜브는 달라. 유튜브는 내용이 훌륭해도 지루하거나 피로를 느끼면 채널을 돌려 버리잖아. '잊을 수 없는 명장면, 명촬영' 이런 제목을 붙여서는 누가 클릭이나 하겠어? 전혀 흥미가 안 생기는데. '뒷목 잡게 소름 돋는 반전 영화 베스트 5' 같은 식으로 가는 게 낫지."

"아빠가 전에, 내가 생각하는 세계를 표현한다는 점에서 영화와 유튜브는 비슷한 코드를 가졌다고 하셨잖아요?"

난 억울함을 숨기지 않고 목소리를 조금 높였다.

"생각보다 순진하네. 사람들은 네 생각이 궁금한 게 아냐. 말초적인 즐거움과 재미를 원하지."

아빠가 코웃음 쳤다.

"창작자도 그 과정에서 즐거워야죠."

목소리가 떨리기 시작했다. 나는 목을 가다듬었다.

"답답하네, 정말. 창작물을 만들고 찍는 게 마냥 하하 호호 즐거울 줄만 알았어? 우리가 잘해 나가고 있는지 알 수 있는 척도가 뭐겠니? 바로 조회 수랑 댓글 수랑 수익이잖아. 그것보다 더 확실한 게 있어? 밥을 다 해서 떠먹여 주는데도 못 하면 어떡해? 자꾸 우는 소리만 해서 어쩌겠다는 거야? 이게 전부 목표를 향해 가는 과정이고 노력인 거지. 너도 나처럼 되고 싶어? 영화 한 편 찍고 잊혀지는 감독처럼?"

아빠 목소리는 한층 커지고 있었다. 이런 아빠의 모습은 처음이었다. 더 이상 아무 말도 하지 않았다. 여기서 대화를 그만두는 게 나았나. 격려하듯 내 어깨를 툭툭 두드리고 아빠가 방을 빠져나갔지만, 여전히 불쾌한 공기가 남아 있었다. 내 방 한가운데 널찍한 테이블엔 고가의 조명과 마이크가 잘 고정된 채 설치되어 있었다. 내 방은 침실로도, 공부방으로도 보이지 않았다. 영락없는 스튜디오였다.

9

뜻밖의 메일이 왔다. 스팸 메일일까?

제목 : PBS 방송국 〈모두의 덕질〉 촬영팀입니다.

구독자 수가 폭발하고 나서 날마다 갖가지 협찬 메일이 쏟아져 들어왔다. 별 희한한 제품들이 광고 제안을 해 왔고, 광고비도 귀가 솔깃할 정도로 액수가 컸다. 아주 유혹적이었다. 그래도 한 번도 응하지 않았다. 그런 것 말고 내 영상으로 제대로 한 번 터뜨리고 싶어서다.

그런데 예능 방송이라니! 〈모두의 덕질〉은 예능 출연을 고사한다는 영화배우들도 거절하지 않는다는, 최고의 인기 예능이었다. 여기서 방송 출연을 제안 받을 줄 알았냐고 물으면 '노', 출연하는 상상을 한 적이 있었냐고 물으면 솔직히 '예스'.

답장 버튼을 클릭했다. 마음이 바뀌기 전에 선수를 치는 게 나았다. 키보드를 두드리는 내 손가락에 리듬감이 느껴졌다. 전송 버튼을 눌러 버렸다.

노 터닝 백(No turning back.).

되돌릴 수 없다. 주사위는 던져졌다.

"씨네수달 님 반갑습니다. 너무 뵙고 싶었습니다!"

내 왼쪽에 앉은 주비오 씨는 '국민 엠시'라는 별명답게 목소리가 투명하고 활기가 넘쳤다. 주비오 씨의 압도적인 쾌활함에, 대책 없이 파닥거리던 내 가슴속 나비 떼들이 조금 잠잠해졌다. 그저 묻는 대로 대답만 하면 한 시간은 어떻게든 지나가겠지. 오른쪽엔 농구 선수 출신의 방송인 한수리 씨가 앉아 있었다. 한수리 씨는 돌직구 질문 담당. 어떤 질문으로 허를 찌를지 전혀 짚이는 바가 없었다.

미리 드레스 코드를 맞춘 것도 아닌데, 우리 셋 다 푸른 톤의 옷을 입고 있었다. 느낌이 좋았다.

"오늘이 얼굴 공개는 처음이시죠, 씨네수달 님? 닉네임이 너무 귀엽네요. 어떻게 닉네임을 지은 거예요?"

주비오 씨가 싱글싱글 웃으며 질문을 던졌다.

"요즘 숏폼 같은 짧은 영상들만 즐겨 보더라고요. 진지하게 영화를 보는 십 대는 거의 없는 것 같아요. 그리고 수달이 귀여워서 좋기도 하고, 멸종 위험이 높은 동물이잖아요. 그래서 제가 좋아하는 영화와 동물을 합쳐서 씨네수달이라고 이름 붙였어요."

대답을 이어갈수록 긴장이 단정하게 가라앉고 있었다.

"씨네수달 님, 유튜버로 살면서 어려운 점도 분명 있을 텐데요."

한수리 씨가 잔잔한 미소를 유지하며 물었다.

"크리에이터라면 다 비슷할 거예요. 콘텐츠 구상, 촬영, 편집, 댓글 및 조회 수 같은 피드백 체크. 이런 과정이 무한 반복되죠. 바위를 끝없이 산으로 밀어 올리는 시시포스[4]의 형벌이랄까요?"

내가 해 놓고도 대답이 꽤 만족스러웠다. 두 진행자도 감탄하는 눈치였다.

"어찌 보면 고통을 자초하는 거네요? 다른 사람의 압박이 전혀 없는

4) 그리스 신화에 나오는 왕. 제우스를 속인 죄로 지옥에 떨어져 바위를 산 위로 밀어 올리는 벌을 받았다. 바위는 산꼭대기에 이르면 다시 아래로 굴러떨어져서 영원히 이 일을 되풀이했다.

데도요."

날렵하게 훅 들어오는 주비오 씨의 질문에 나도 민첩하게 대답을 할 참이었다. 그런데 갑자기 목이 탁 막혀 왔다. 다른 사람의 압박이 없다고? 사실대로 말하면 되잖아. 왜?

"그……렇죠. 자신과의 싸움이라고 생각해요. 저는 즐기면서 싸우고 있어요."

"즐기는 사람은 이길 방도가 없다고 하는데 정말 씨네수달 님이 딱 그렇네요."

"그렇게 봐 주시니 고맙습니다!"

촬영하는 스태프들의 표정이 환했다. 등줄기에 땀이 주르륵 흘렀지만, 카메라엔 잘 잡히고 있는 것 같았다. 한수리 씨가 질문을 덧붙였다.

"오늘 촬영장에 씨네수달 님의 부모님도 함께 해 주셨는데요. 크리에이터로 활동하는 데 두 분이 도움을 많이 주시나요?"

질문을 받고 나니, 문득 며칠 전 학교에 체험학습 신청서를 제출했던 일이 떠올랐다. 사흘 정도 여행하면서 유튜브 촬영을 하자고 먼저 말을 꺼낸 건 아빠였다. 아빠의 제안에 엄마도 논문 작업을 잠시 쉬겠다며, 여행 가서 입을 원피스 몇 벌을 사야겠다고 했다. 셋이 함께 떠나는 첫 여행이었다. 아빠는 미리 다운 받아 둔 체험학습 신청서에 경쾌하게 사인을 했다. 난 아무 말 없이 가방에 신청서를 챙겨 넣었다. 3일이나 수업을 빠져도 되는 걸까?

학교에 있어야 할 시간에 유튜브를 촬영하게 될 거라곤 미처 생각지 못했다. 자퇴할 용기도, 특별한 재능도 없던 내가 유튜브를 시작하면서 조금씩 숨을 쉬기 시작했다. 나 혼자 만드는 유튜브 영상은 특별히 재미가 없어도 맘 편히 놀 수 있는 나만의 놀이터였다. 시소를 타다가, 그네를 타다가, 미끄럼틀을 타다가, 재미없으면 모래성을 쌓아도 되는. 모래성을 쌓다가 무너져도 그만이었다. 찌그러진 모래성이어도 그건 내 것이니까 상관없었다. 요즘엔 내 유일한 놀이터였던 유튜브가 조금씩 날 옥죄어 왔다. 아빠의 도움을 받고 나서부터 유튜브 촬영은 더 이상 자유로운 놀이터가 아니었다. 놀러왔던 놀이터에서 억지로 숙제를 하고 있는 가엾은 아이, 바로 나였다. 심지어 학교까지 빠지고 유튜브를 촬영해야 하다니…….

"씨네수달 님, 혹시 좀 어려운 질문이었을까요?"

딴 길로 샜던 정신이 번뜩 제자리로 돌아왔다. 주비오 씨가 거듭 날 불렀던 모양이었다. 촬영 스태프들 사이로 아빠가 엄마를 감싸듯 안고 있는 모습이 보였다. 이가 보이도록 큰 미소로 웃고 있었다. 모두가 내 대답을 기다리고 있었다. 여기서 다 말해 버리자. 달라질 수 있어. 빠져나갈 수 있어, 간단하게.

"두 분이 없었으면 씨네수달이라는 정체성도 탄생하지 못했을 거예요. 제 삶을 빛내 주는 분들이세요."

생각한 적 없는 말들이 마음대로 내 입을 비집고 나왔다. 계획하지도, 바라지도 않았던 눈물과 함께 나는 울먹거렸다. 내 거짓 대답에 감동받은 엄마는 울음을 터뜨렸고, 두 진행자와 스태프들은 서로 눈빛을 주고받으며 흡족해했다. 모두에게 완벽한 촬영이었다. 여긴 또 다른 스튜디오일 뿐, 난 다시금 완벽하게 감금되고 있었다.

10

구름이 낀 날 한강은 칙칙한 회색이었다. 별로 아름다운 풍경은 아니었다. 유찬이 언제나처럼 생글거리며 다가왔다. 쳐다보지도 않고 유찬에게 바나나 우유를 쭉 내밀었다.

"땡큐! 〈모두의 덕질〉 잘 찍고 왔냐? 근데 너 괜찮은 거야?"

유찬이 드론 조종기를 만지작거리며 물었다.

"왜? 뭐가?"

속마음을 들킨 것만 같아 톡 쏘듯 말했다.

"아니, 요새 좀 예민해진 것 같아서."

유찬이 머리를 긁적이며 중얼거렸다.

"언제부터 나한테 관심 있었다고 이래? 꼰대냐?"

괜히 짜증을 냈다.

"됐고. 근데 채은휘 너, 사이버 레커충이란 말 알아? 요새 서로 물고 뜯고 난리던데. 내가 카톡으로 링크 하나 보냈으니까 봐 봐."

유찬이 턱으로 스마트폰을 가리켰다.

"이건 또 뭐냐? 이름만 들어도 별론데."

눈은 하늘에 떠 있는 드론을 응시한 채 유찬이 설명을 덧붙였다.

"떠도는 루머나 가십을 가지고 유튜브 콘텐츠를 만드는 인간들이야. 유명인들의 불행한 사건일수록 그 레커충들이 가장 입맛 다시는 요리가 되지."

"왜 그런 짓을 하는데?"

듣는 것만으로도 께름칙해 괜스레 유찬에게 따져 물었다.

"돈이 되잖아. 조회 수는 돈을 벌어 주니까. 웬만한 사람들 1년치 연봉이 한 달이면 후딱 벌리는데, 안 하겠음?"

설명하는 것만으로도 유찬은 신이 나 보였다.

"남 후려쳐서 조회 수 높이는 거 끔찍하다. 난 그런 건 안 해."

나는 꾹꾹 힘주어 유찬을 바라보며 말했다.

"당연하지. 쓰레기들이나 하는 짓인데."

유찬이 바나나 우유를 쪽쪽 빨아 마시는 소리가 그날따라 유난히 귀에 거슬렸다.

〈모두의 덕질〉 공중파 출연의 여파는 굉장했다. 인스타그램 추천 영상에 몇 번 뜬 것 정도는 애교였다. 예전 영상들까지 다시 역주행을 타면서 조회 수와 댓글이 폭발하고 있었다.

그럴수록 아빠는 콘텐츠 내용을 고민하는 나를 기다려 주지 못했다. 자정이 지난 시간인데도 아빠는 다음 영상 스크립트를 달라는 카톡을 계속 보내왔다. 자는 척 답장을 하지 않았다. 더 이상 매력 없는 콘텐츠로 아빠를 실망시키고 싶지 않았다. 그 누구보다도 나를 실망시키고 싶지 않았다.

침대에 누워 유튜브 어플로 들어갔다. 일본 유튜버 노조미짱의 헐리우드 대작에 관한 리뷰 영상이 새로 올라와 있었다. 역시 세상은 공평하지 않다. 이렇게 좋은 콘텐츠를 올려도 노조미짱의 구독자는 72명뿐이다. 주변 친구들이 의리로 구독해 준 것밖엔 없는 수준인 거다. 아빠는 좋은 작품들을 찾아보는 건 평생 놓치지 말아야 할 숙제라고 했다. 부지런히 다른 사람들의 영상을 참고하는 건 죄가 아니다. 어차피 이 지구상에서 노조미짱의 채널을 아는 사람은 72명뿐이다. 나는 침대에서 내려와 책상에 앉아 단단히 헤드폰을 고쳐 썼다. 노조미짱의 콘텐츠를 모조리 받아 적을 생각이었다.

'내가 이걸 좀 베낀다 해도 아무도 몰라. 과감해져도 돼, 채은휘!'

11

은휘, 점심 먹고 운동장 스탠드에서 잠깐 봐.

오늘 마치고 떡볶이 먹기로 했잖아. 갑자기 왜?

문자로는 좀….
직접 보는 게 좋을 것 같아.

운동장 스탠드에서 만난 유찬은 미소가 지워진 얼굴로 자기 스마트폰을 내밀었다. 화면 속에는 아주 조잡해 보이는 섬네일 영상이 있었다.

"이게 뭔데?"

유찬은 아무 말 없이 고개를 반대쪽으로 돌렸다. 이 채널의 이름보다는 구독자 수가 먼저 눈에 들어왔다. 27만? 분위기가 심상치 않았다. 일단은 영상을 볼 수밖에 없었다.

세상의 모든 더러운 꿍꿍이를 후벼 파는 저스킴의 심판 일지!!!

오늘은 표절을 후벼 파 보겠습니다.
요즘 온갖 놈들이 표절하죠?
유명한 음악가 놈은 표절이 '유희!'인 줄 알아. 열불 나게 표절하고! 응?
샤대 박사 놈들도 논문을 표절하고! 하~~
그런데 유튜버들도!
심지어 급식이가 표절을 한다는 제보가 있어 취재해 봤어요.
궁금해요? 궁금하면 구독!
불의는 못 참는 저스킴! 저스티스~~킴!

자, 이것 보세요. 이것 보세요. 쯧쯧쯧.
내가 우연히 이 일본 채널 발견 안 했으면 어쩔 뻔했냐는 거야.
듣보잡 채널이니까, 또 틈만 나면 맘대로 베꼈을 거 아니냐고?

이처럼 씨네수달은 영화 십덕 행세를 하며 뒤로 몰래 일본 유튜버를 표절했다는 말이에요! 하~~

아니 뤼미에르 부라덜[5] 흉내도 아니고 왜놈튜브를 표절해?
여러분 이 급식이한테 정의의 저스킴이 인생 실전을 보여 줄까요?
원해요? 원하면 따봉!
따봉 10만 개 뜨면, 다음 주에 씨네수달 현피 뜨러 간다!
아니, 형님, 누님들, 제가 무슨 레커충도 아니고, 정의의 저스킴이 급식이를 어떻게 하겠어요. 젠틀한 저스킴은 약자에게 폭력을 쓰지 않아요. 달달하게 참교육할 뿐이에요!

머리가 새하얘졌다. 노조미짱의 채널은 나만 아는 거였다. 구독자 72명짜리 채널을 도대체 누가 본단 말인가? 키워드 검색으로도 잡히지 않는 유튜브를 찾는 사람이 있다고? 그걸 우리말로 해석하고 내 영상이랑 비교까지 한다고? 거짓말! 정신이 번쩍 들었다.

나는 가장 최근에 올린 영상의 댓글 창을 다급하게 확인했다. 그곳은 활화산이었다. 마그마와 용암과 가스가 줄줄 흘러내리는 곳. 하지만 닦을 수도 없고 청소를 할 수도 없었다.

머리에 피도 안 마른 게 베끼는 건 수준급이네.

중딩이 벌써 표절에 맛들인 건가?

실망이 크네요. 구독 취소합니다.

5) 오귀스트 뤼미에르와 루이 뤼미에르 형제. 현대적 영화를 처음으로 만든 사람들.

댓글을 열 개 남짓 보았을 때 더 이상 읽어선 안 될 것 같다는 기분이 들었다. 영상을 끄고 유찬에게 스마트폰을 건넸다.

"괜찮아?"

유찬의 걱정스런 질문에 난 말없이 고개를 가로저었다.

5교시 시작 전 예비종이 울렸다. 어찌 됐든 수업에 들어가야 했다. 자리에서 일어나자마자 다리가 휘청거려 바닥에 주저앉았다.

우리 학교 전교생이 이 사실을 다 알기까지 얼마나 걸릴까? 선생님들이 다 알기까지는?

12

메일을 수없이 썼다가 지웠다. 쓰레기 같은 인간한테 말을 거는 게 맞을까? 유찬은 사이버 렉카들이랑 엮일 이유가 없다며 말렸지만, 이대로는 분이 풀리질 않았다. 이유라도 알고 싶었다. 나한테 왜 이러는 건지.

✉ *제목 : 저스킴 님, 씨네수달입니다.*

요번에 업로드하신 영상을 봤는데요, 제가 저스킴 님에게 피해를 주거나 경쟁자도 아닌데 너무하신 거 아닌가요?

주장하시는 대로 저의 표절이 사실이라 하더라도, 당사자도 아닌 저스킴 님

이 구독자 수가 비교도 안 되는 저를 이렇게까지 공격하는 게 이해가 안 됩니다.

메일을 보내고 나서 내 신경은 온통 '받은편지함'에 쏠렸다. 띠링, 메일 알람이 울릴 때마다 나는 가쁜 숨을 참으며 제목을 확인했다. 정말 딱 하나, 저스킴에게 이런 꼴을 당해야 하는 이유를 알고 싶었다. 스마트폰만 노려보고 있는 게 고통스러워서 몇 번이나 전원을 껐지만, 몇 분도 버티지 못하고 다시 켰다.

예상대로 험한 제목이 적혀 있는 메일들도 꽤 들어왔다. 그런 메일들을 몇 개 클릭했다가 결국 끝까지 읽지 못하고 손을 벌벌 떨며 삭제 버튼을 눌렀다. 예상치 못했던 반응도 있었다. 이제 이미지가 추락했으니 더 이상 광고를 의뢰하는 연락은 없을 거라고 생각했다. 하지만 정확히 그 반대였다. 그 사건 이후에 오히려 더 많은 협찬 메일들이 쏟아져 들어왔다. 덕분에 매력적인 십 대 유튜버를 알게 되었다고, 응원한다고도 했다. 어떤 메일도 믿을 수가 없었다.

저스킴에게 메일을 발송한 지 일주일쯤 지나 더 이상 답장을 기다리는 게 무의미하다는 판단을 내렸을 때였다. 쏟아지는 욕 메일과 광고 의뢰 메일 속에 내가 기다리던 저스킴의 답장이 선명하게 눈에 들어왔다. 당장 내용을 확인하고 싶어 기절할 것 같았지만, 주변에 누군가 있는 공간에선 볼 자신이 없었다. 유찬에게 오늘은 혼자 집에 가고 싶다고 문자를 보낸 뒤, 학교가 끝나자마자 스터디 카페로 몸을 숨기듯 들어갔다. 가방을 내려놓고 곧바로 이메일을 열었다.

Re : 저스킴 님, 씨네수달입니다.

씨네수달 님, 안녕!

영상들 재미있게 봤어요. 중3이라면서? 어디 기획사에 소속된 것 같진 않던 데 나이치고 잘하더라고. 이거 칭찬이에요.

그래서 말인데, 내 방송 나가고 씨네수달 님도 유명해졌잖아? 당장이야 악플 달리고 구독자 수가 빠지겠지만, 연관 검색이랑 알신 거듭 타면 씨네수달 님도 재미 많이 볼 거예요.

내가 동생 같아서 이야기해 주는 건데, 솔직히 내가 살살 긁어 주면 '감사합니다!' 하고 넙죽 받아먹는 사람들 많아요.

쪽팔리는 건 잠깐이야. 씨네수달 님, 건투를 빌어요!

아주 양아치 같지 않은 말투는 살짝 의외였다. 조회 수를 위해서 좀 짓궂은 콘텐츠를 한번 올려 봤다는 식이었다. 아주 나쁜 사람은 아닌 걸까? 결국 나도 더 유명해졌으니까 그걸로 된 건가? 죽도록 미웠는데, 저렇게 솔직하게 나오니까 더 할 말이 없었다. 더 이상 일이 커지는 것도 싫었다. '건투를 빌어요!'라고? 그래요, 어차피 이 더러운 판에 들어왔으니 죽지 말고 버텨요! 저스킴 당신도, 나도.

13

저스킴 저격 사건은 내 삶의 일부를 다른 모습으로 만들었다. 복도를 지나갈 때 애들이 수군거리는 소리를 듣는 일은 일상이었다. 댓글 창을 닫아 두어서 악플은 달리지 않았지만, 악의를 잔뜩 품은 기사들이 한동안 쏟아졌다. 아빠는 더 이상 내게 스크립트를 달라고 독촉하지 않았다. 3회에 걸친 상담 치료도 받았다. 크게 도움이 되진 않았지만, 안 가고 버틴다 해도 뾰족한 수가 없었다. 방 안에 가만히 누워 있는 게 지금으로선 최선이었다. 눈에 띄지 않고 존재하는 것뿐이었다.

몸무게가 많이 줄었다. 다이어트가 된 건 불행 중 다행으로 반가웠다. 학교를 며칠 쉴까 생각했지만, 그게 더 큰 입방앗거리를 만들 것 같았다. 등교가 고통스러운 만큼, 하교는 조금이나마 달콤했다.

오늘도 하교를 기다리며 집에 가서 할 일을 생각 중이었다. 넷플릭스에서 올드 무비를 한 편 틀어 놓고, 아무 생각 없이 나초를 격렬하게 씹으며 누워 있을 참이었다. 생각에 빠진 동안 담임 선생님의 종례가 끝났는지, 반 애들이 시끄럽게 걸상 소리를 내며 가방을 둘러메고 교실을 빠져나갔다. 나도 재빠른 동작으로 야구 모자를 눌러쓰고 아이들 사이로 자연스럽게 섞여 걸었다.

교문을 나가자마자 익숙한 얼굴의 남자가 눈에 들어왔다. 누군지 바로 생각이 나지 않았다. 남자는 싱글벙글 웃는 얼굴과 과장된 손짓으로 날 반갑게 불렀다. 학원 전단지를 돌리는 사람인가? 하필 콘택트렌즈를 안 끼고 온 날이라 얼굴이 또렷이 보이지 않았다.

"어이, 씨네수달 님?"

순간 떠올랐다. 바로 저스킴이었다. 이 사람이 우리 학교 앞에 있을 이유가 없다. 무슨 상황인지 이해가 되지 않았다. 눈을 껌뻑이며 서 있는데, 저스킴이 악수를 하자며 손을 잡았다.

"이야, 역시 아직 아기 피부? 실물 갑이구먼. 화면 안 받는 스타일인가 봐, 우리 씨네수달 님."

손이 땀으로 축축하게 젖어 들었다. 교복 치마에 땀을 문질러 닦았지만 금세 다시 축축해졌다. 두 발이 바닥에 달라붙은 듯 움직여지지 않았다. 저스킴 손엔 영상 촬영 중인 스마트폰이 들려 있었다.

"그만해, 미친놈아!"

누군가 다가와 소리를 쳤다. 유찬이었다. 유찬은 내 손목을 낚아채 학교 앞에 서 있던 택시 안으로 밀어 넣었다.

"기사님, 일단 학교에서 최대한 멀리 가 주세요!"

세상의 모든 더러운 꿍꿍이를 후벼 파는 저스킴의 심판 일지!!!

여러분의 따봉 10만 개 잊지 않고 표절 급식이 씨네… 뭐였더라?
맞다, 씨네수달! 현피 뜨러 왔썹!
여기가 그 잼민이가 다니는 중학교입니다. 아 중딩이니까 잼민이는 아니다!
저스킴은 씨네수달의 이름을 알지만, 개인 정보 보호법을 지키려고 모자이크 처리. 앙해해 줘요, 정의로운 저스킴!

씨네수달의 평소 행적이 어떤지 학생들에게 물어보겠습니다!

"어이 거기 급식아… 아니 학생! 채삐삐~ 알아요?"

"아니요?"

"누구요?"

"모르겠는데요?"

아, 역시 씨네수달은 평소 찌그러져 지내는 듣보 X밥이었던 것입니다!

그럼, 여러분의 알 권리를 위해 학교 안으로 잠입해 보겠습니다!

하… 떨려! 나 어떡해? 가스총 맞는 거 아니야?

테이저 건은 경찰만 쓰는 거지?

"누구세요? 여기 촬영 허가 받고 오셨어요?"

"아 경비 아저씨? 유튜브 채널 〈저스킹의 심판 일지〉에서 나왔습니다!"

"지숙김? 누군지 모르겠고 허가 없으면 촬영 안 됩니다. 나가 주세요."

"아니 이 아저씨가 뭣도 모르고! 이 학교에 범죄자가 있다니까요!"

(교문 밖으로 쫓겨남)

여러분, 보셨겠지만 이렇게 공권력의 그늘 뒤에 숨어 표절이라는 범죄를 저지르는 교활한 씨네수달! 씨네라는 이름이 아깝네요. 지금부터 '씨이~벌수달!'이라고 하겠습니다.

씨벌수달은 다음 방송까지 표절을 사죄하지 않으면 저스킹이 부모님께 찾아간다! 씨벌수달은 불효녀가 되고 말 것인가?

다음 화 기대되죠? 기대되면 따봉! 구독!

불의는 못 참는 저스티스 킹, 저스킹이었습니다!

저스킴이 스마트폰 카메라를 들이대는 바람에 내 얼굴은 생중계되었다. 해프닝이 끝나도 기록은 지워지지 않았다. 검색창에 '씨네수달 실물'이라고 치면 어렵지 않게 내 사진이 돌아다녔다.

나를 재료로 삼아 사이버 레커들이 서로 물고 뜯는 페스티벌이 열렸다. 그들의 구독자들은 서로 몰려가서 댓글을 달며 신나게 한바탕 판을 벌였다. 저스킴은 중딩 유튜버인 나를 학교까지 쫓아와 괴롭힌 걸로 새로이 뭇매를 맞았다. 표절이 스토킹으로 덮이면서 나는 숨을 돌렸다.

날 정말 죽도록 괴롭게 만들었던 건 무엇이었을까?

쓰레기 유튜버들의 집요한 괴롭힘은 내 심장을 타 들어가게 했다. 인신공격성 악플의 파도 속에서 나는 익사할 것만 같았다. 무엇보다 아빠가 내 꿈보다는 유튜브 조회 수와 수익 때문에 쉴 틈 없이 나를 독촉했다는 걸 알고 나선 아무도 믿을 수가 없었다. 노조미짱의 유튜브를 그대로 베껴 내 것인 양 콘텐츠를 올리고 나선 나조차도 믿기 어려웠다. 정말, 나 자신을 견딜 수가 없었다.

14

✉ *제목 : 씨네수달 님?*

이쯤 했으면 둘 다 정리할 시점이 된 것 같은데, 우리 합방 한번 할까요?

합방 나와서 더 잘하고 싶어서 그랬다고 하면서 형식적으로 사과 비슷한 이야기하고, 눈물 한 번 짜 주면 화난 사람들 다시 감동 먹고 팬도 두 배로 늘어날 거야. 씨네수달 님 똑똑하니까 알겠지? 그럼 나도 이번 건수 잘 마무리하고, 씨네수달 님은 논란 접고 유명세 남기고.

우리 귀여운 씨네수달 님은 신상 정보도 있고 하니까, 얼굴 공개 안 하고 진행하도록 기획 잡아 볼게. 연락 줘요.

헛웃음이 나왔다. 이 사람은 뭐가 이렇게 간단하지?

이름 모를 수많은 사람들에게 손가락질을 당해도 저스킴은 견고해 보였다. 어떤 방식으로건 무너질 것 같지 않았다. 잠시나마 함께 방송하는 상상을 한 내가 징그러웠다. 더 징그러워지기 전에 그만하고 싶다.

나는 천천히, 아주 천천히 키보드를 눌렀다.

씨네수달의 애너토미

"콘텐츠를 삭제하시겠습니까?

삭제된 데이터는 복원할 수 없습니다."

엔터.

노 터닝 백.

15

저녁 어스름의 한강은 오랜만이었다. 대낮의 한강은 늘 어딘가 모르게 못생겼다고 생각했는데, 해 질 녘의 한강은 노을이 하늘을 감싸고 물도 끌어안은 모습이었다. 유찬이 조종하는 드론 소리가 오늘따라 탈탈탈 시끄러웠다.

"난 지금도 아깝다, 채은휘!"

유찬이 못내 아쉬운 듯 말을 건넸다.

"야, 나도 아까워. 구독자가 얼마였는데."

내가 피식 웃으면서 맞장구를 쳤다.

"나중에 또 할 거지?"

내가 대답을 하기도 전에 유찬이 드론 조종기를 들고 벌떡 일어섰다.

"어, 어어어어! 어!"

평소와 다르게 탈탈대더니 드론이 끝내 강물에 처박혔다.

"산 지 얼마 안 됐잖아? 아까워서 어쩌냐, 정유찬?"

쌤통이다 싶은 마음도 있었지만, 유찬을 위로했다.

"네 걱정이나 하시고. 전직 인기 유튜버 씨. 드론은 새로 사면 돼."

"돈 많은가 봐."

"크리에이터인 너보단 없지."

"또 까분다!"

바람이 강물을 간질이더니 기분 좋게 얼굴로 불어왔다. 앞머리가 흐트러지는데도 그냥 내버려 두었다. 바람 부는 대로 자연스럽게 내맡기고 싶다.

지난 몇 개월, 깊이를 알 수 없는 수영장에 빠져 발끝으로 바닥을 디뎌 보려고 애썼다. 결국 물만 잔뜩 마시곤 다시 수면 위로 간신히 떠올랐다. 사람은 어리석고, 나 역시 별다를 것 없는 사람이니 이와 비슷한 실수를 또 하게 될 것이다. 그래도 내겐 밀쳐 낼 용기가 있다. 날 가두는 사람과 억지로 끄는 사람, 목을 조이는 모든 사람들을. 그게 설령 나일지라도, 나는 밀쳐 낼 거다. 억척스레 밀쳐 낼 것이다.

구독자가 없어도 괜찮다.

나는, 내가 구독한다.

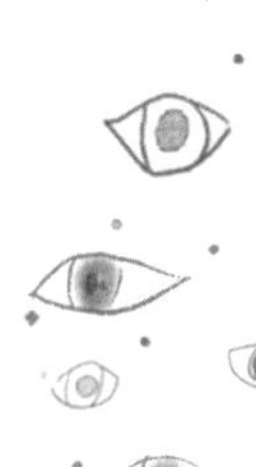

아파트를 보다

윤자영

교문에서 신도시 초고층 아파트를 바라봤다. 어른들이 말하는 중2병이 왔는지 요즘 감정이 좀 이상해졌다. 초고층 아파트에 반드시 들어가고 싶어졌다. 그렇다면 김서린의 말대로 산동네 티를 벗어야 할까?

1

첨성 중학교 교문을 나서면 정면으로 신도시 초고층 아파트가 보인다. 나는 55층짜리 건물이 기다란 연필마냥 서 있는데도 무너지지 않는 것이 신기했다. 얼마나 높은지 안개가 짙은 아침에는 꼭대기가 보이지도 않았다. 마치 신선들이 살고 있는 것처럼.

신호등이 초록불로 바뀌자 신도시에 사는 아이들이 삼삼오오 길을 건넜다.

'저 높은 곳에 살면 어떤 기분일까?'

멍하니 상상을 하고 있을 때, 엉덩이에 충격이 느껴졌다. 누군가 발로 찼다.

"아야! 누구야?"

돌아보자 김서린이 총총거리며 걸어갔다. 김서린은 초등학교를 다니기 전부터 옆집에 살았던 친구다. 나는 얼른 달려 그 옆에서 보조를 맞추며 걸었다. 김서린이 새쭉한 표정을 지으며 말했다.

"신민우 이 바보야, 오르지 못할 나무를 왜 쳐다보고 있는데?"

"왜 못 올라? 커서 돈 벌어서 사면 되지."

김서린이 갑자기 걸음을 멈추더니 손을 높이 들어서 마치 키를 재듯 내 머리 꼭대기에 손바닥을 갖다 댔다.

"민우 너 키가 몇이냐?"

"170센티 정도?"

"분명히 작년까지는 나보다 얼마 크지 않았는데."

"우리도 이제 중2야. 키가 본격적으로 클 때라고."

"내가 하고 싶은 말이 바로 그거야. 넌 키는 컸는데 정신 연령은 초딩 그대로라는 거지."

김서린은 손가락으로 내 이마를 톡톡 쳤다. 하긴 요즘 김서린은 외모도, 성격도 많이 변하긴 했다.

"뭐래? 나 정신도 컸다고."

내가 반발했지만, 김서린은 대답도 않고 다시 걷기 시작했다. 나는 다시 김서린의 옆에 서서 걸었다. 그렇게 10분쯤 걸으니 구도시 저층 아파트와 단독 주택들이 나왔다. 김서린이 손가락으로 저층 아파트를 가리켰다.

"네가 죽도록 공부해야 저 정도 아파트에 살걸. 저 오래된 아파트도 재건축한다 뭐 한다 하니까, 우리가 어른이 될 때쯤엔 초고층 아파트로 변해서 불가능할지도 모르고."

저층 아파트 단지 입구와 단독 주택 전봇대 사이마다 'OO 건설 재건축 환영'이라고 쓰인 현수막이 흔들리고 있었다.

김서린은 다시 말없이 걸었다. 단독 주택 단지 끝에 약수터로 가는 길이 나왔다. 신도시와 구도시 아파트 사람들은 운동 삼아 여기를 오르지만, 우리에겐 집으로 가는 길이다. 밭과 하우스를 지나 이름 없는 무덤 몇 개를 지나면 집들이 나온다. 나무판자로 된 외벽에 슬레이트 지붕을 얹은 집들이 있는 산동네다. 가다 보면 김서린 집이 먼저, 그 옆이 우리 집이다.

"서린아, 잘 가."

김서린이 자기네 집 문을 열려다 멈추고 돌아섰다.

"멍청아, 현실을 봐. 우리는 여기 산동네에 살아. 여기를 벗어나는 게 힘들다고."

김서린은 나를 매섭게 째려보고 문을 열고 들어갔다. 나는 김서린에게 소리쳤다.

"오늘 저녁 같이 먹어?"

김서린은 뒤도 돌아보지 않고 문을 쾅 닫았다. 저건 거절이겠지.

"요즘 왜 이렇게 까칠해? 말로만 듣던 중2병인가?"

나는 요즘 부쩍 예민해진 김서린을 보며 중얼거렸다.

2

썰렁한 집으로 들어와 노트북을 켰다. 구형이라 그런지 윙 소리가 들린 지 한참 지났는데 로딩 중이다.

"왜 이리 안 켜져? 아버지가 없는 날 실컷 해야 하는데."

아버지는 신도시 아파트의 경비로, 오늘은 야간 근무 날이다. 엄마는 식당에 다녀서 늦게 들어온다. 고등학교에 들어간 누나는 학교에서 공부한다고 매일 늦은 밤에 온다. 고로 오늘은 자유다.

노트북이 켜지고 드디어 게임에 접속했다. 15분이나 걸린 것 같다. 구형 컴퓨터의 비애니 어쩌겠냐. 아버지가 없을 때 열심히 해야 한다. 내가 게임하는 걸 보면, 아버지는 이 노트북마저 부숴 버릴 것이다. 이미 몇 번 부서질 뻔했지만, 누나가 숙제하는 데 써야 한다고 해서 고물이라도 집에 버티고 있는 거다.

"아! 오늘따라 왜 이렇게 게임이 안 풀리냐?"

게임에 빠져 두 시간이 훌쩍 지났다. 배가 고팠다. 냉장고에 엄마가 저녁 반찬으로 먹으라고 만든 달걀 장조림이 보였지만, 라면 두 개를 꺼내 끓였다. 요즘엔 라면 두 개는 먹어야 겨우 배가 찬다.

스마트폰으로 친구들 SNS를 보면서 라면을 냄비 뚜껑에 건져 먹었다. 몇 젓가락 먹지도 않은 것 같은데 어느새 국물만 보였다. 냄비째 들고 가서 라면 국물에 밥을 말았다.

그때 스마트폰이 띠링 울리면서 카톡 메시지가 들어왔다. 같은 학년 정훈이었다. 정훈이는 초등학교 5학년 때 이 산동네로 이사 온 친구다.

뭐 하냐?

밥 먹어.

나와. 창완이 형이 한탕 하재.

ㅇㅇ 기달

산동네에는 나와 비슷한 또래들이 여럿 있다. 우리들은 같은 초등학교를 나와 같은 중학교에 다니고 있다. 모두 생활 수준이 비슷해 학원도 다니지 않으니 자연스레 어울리는 시간이 많았다. 고등학교에 올라간 형들은 뭐가 그렇게 바쁜지 얼굴 보기가 힘들어졌다. 그러다 보니 지금 중3인 창완이 형이 자연스럽게 골목대장이 되었다.

나는 동네 아지트로 갔다. 아지트라야 뭐 봤자 약수터로 올라가는 길에서 조금 들어가면 나오는 큰 바위 뒤다. 큰 바위가 비행을 저지르는 우리를 가려 주었다.

창완이 형과 정훈이는 담배를 피우고 있었다. 나는 담배를 피우지 않는다. 호기심 삼아 피워 본 담배가 좋은지 모르겠고, 오히려 침이 계속 나와 불쾌했다. 또 아버지한테 들켜 몽둥이찜질을 당한 것도 한몫했다. 창완이 형이 손가락 사이에 담배를 끼고 흔들었다.

"민우, 넌 안 피울 거지?"

나는 고개를 끄덕였다.

"형, 오늘은 어디로 갈 거야?"

"오늘은 피시방 가자."

"한탕 하자며?"

창완이 형은 담배를 깊숙이 빨아 연기를 내뱉었다.

"오늘은 피시방에서 한탕 할 거야."

산동네 아이들은 항상 용돈이 부족해서 자연스럽게 범죄에 빠져들었다. 초등학교 때는 슈퍼에서 물건을 훔쳤다. 정훈이가 물건값을 계산하면서 주인의 시선을 빼앗으면 내가 껌이나 사탕을 주머니에 넣었다. 원 플러스 원 개념으로. 중학교에 올라와서는 문구점에서 비싼 필기구를 훔쳤다. 그 물건들을 학교에서 되팔아 돈을 마련했다.

이 일은 계산하는 척 주인의 시선을 돌리는 것이 중요했다. 어려서부터 같이 나쁜 짓을 하다 보니 셋은 손발이 잘 맞았다. 근데 창완이 형은 피시방에서 뭘 훔친다는 거지?

"피시방에서 음료수나 컵라면을 훔치게?"

창완이 형이 바닥에 담배를 비벼 껐다.

"민우, 넌 발전이 없어. 가자. 가면서 설명해 줄게."

정훈이도 담배를 끄고 내 어깨에 팔을 둘렀다.

"우리는 지갑을 쌔빌 거야."

"지갑?"

앞서가던 창완이 형이 몸을 돌려 뒤로 걸으며 내게 물었다.

"피시방에서 자는 사람들 많지?"

머릿속에 의자를 뒤로 젖히고 자는 아저씨가 떠올랐다. 돈이 아깝지도 않은지 구석 자리에서 한 시간이고, 두 시간이고 코를 골면서 잤다.

창완이 형은 그런 사람들의 지갑을 훔치자고 했다.

마음속에서 작은 거부감이 올라왔다. 볼펜이나 껌이나 초콜릿 같은 건 거부감이 들지 않았는데, 지갑은 돈을 훔치는 거다. 돈을 훔치다 걸리면 무사하지 못할 것이다. 아버지가 몽둥이를 든 모습이 떠올랐다.

“근데 지갑이 없어진 것을 알면 CCTV 돌려 보지 않을까?”

“대부분의 어른들은 자기 지갑에 얼마가 있는지 모른대.”

생명 같은 돈이 얼마 있는지 모른다고? 그건 말이 안 되는 것 같다.

“에이, 설마?”

“우리같이 산동네 사는 사람들만 적은 돈이 소중한 거야. 돈이 어느 정도 있으면 지갑의 푼돈은 기억도 못 한다니까.”

왠지 설득력이 있다. 문구점이니 슈퍼와 마찬가지로 조금 훔친다면 문제는 없을 것이다. 하지만 그 사람도 가난하면 어떡하지?

내가 계속 걱정하는 걸 눈치챘는지 창완이 형이 멈춰 서서 눈을 가늘게 뜨고 물었다.

“민우 너, 걸릴까 봐 그러지?”

“아, 아니야.”

대답을 얼버무린 건 그렇다고 말하는 것이나 마찬가지였다. 창완이 형은 씨익, 미소를 지었다.

“걱정 마. 우리는 무적의 촉법소년이니까.”

‘촉법소년’, 그 말이 나의 양심을 무너뜨려 버렸다. 언제나처럼 우리는 손발이 잘 맞을 것이고, 걸려도 촉법소년으로 큰 문제는 없을 것이다.

3

요즘 통 김서린을 보지 못했다. 학교 갈 때도, 집에 갈 때도 마주치지 않았고, 저녁에 밥 먹자고 부르지도 않았다. 나는 쉬는 시간에 2학년 9반 김서린네 교실로 갔다. 우리 2반과 9반 교실은 디귿자 건물의 거의 양 끝에 있다. 9반 창문으로 교실 안을 들여다보았다. 남자아이들이 교실 뒤에서 종이 뭉치와 빗자루로 야구를 하고 있었다. 중2 남자아이들은 공이 없어도 교실에서 농구고, 축구고 할 수 있다. 김서린은 창가 자리 책상에 엎드려 있었다.

"어디 아픈가?"

교실 뒷문으로 들어갔다. 김서린만 보고 걷는데 난데없이 팔에 충격이 왔다. 야구방망이처럼 휘두른 빗자루에 맞은 것이다.

"아이, 씨발! 교실에서 왜 야구를 하고 지랄이야?"

본능처럼 욕이 튀어나왔다. 9반 교실은 순식간에 쥐 죽은 듯 조용해졌다. 음, 욕이 늘었다. 중2는 원래 욕을 많이 하지만, 산동네 아이들이랑 어울려 다니다 보니 더 심해졌다. 내가 키와 덩치가 큰 편이라 그런지 빗자루를 든 아이가 겁먹은 듯 어깨를 움츠렸다. 그때 교실 중간쯤에서 큰 목소리가 들려왔다.

"넌 뭔데 남의 반에 들어와서 욕을 해?"

남자아이 하나가 교실 뒤로 걸어왔다. 키가 나보다 컸다. 그 아이는 걸어오면서 허벅지에 걸리는 책상을 발로 차 넘어뜨렸다. 나에 대한 위협이었다. 교실 아이들의 시선이 모두 우리 둘에게 집중되었다.

빗자루를 휘둘렀던 아이가 보호자라도 만난 것처럼 쪼르르 달려가 그 아이 뒤에 숨었다. 앞에 선 아이가 머리 하나는 더 커서 진짜 보호자 같았다.

"넌 뭐냐고? 왜 우리 반 아이들을 위협하는데? 얼른 안 꺼져?"

이빨을 보이며 으르렁대는 대형견처럼 키 큰 아이가 말했다. 분명히 이 반의 짱일 것이다. 머리에서 위험 신호가 발동했다. 어느새 깼는지 김서린도 나를 바라보고 있었다. 자존심이 조금 꿈틀거렸다.

"빗자루로 사람을 쳤으면 사과라도 해야지."

"병신아, 야구하는 거 봤으면 돌아가야지."

틀린 말은 아니지만……. 김서린이 고개를 좌우로 흔드는 것 같았다. 그냥 가라는 뜻인가?

"얼른 꺼지라고!"

키 큰 아이가 내 어깨를 밀치면서 소리 질렀다. 자존심이 상했지만, 어쩔 수 없었다. 여기는 적진이다. 9반 아이들 모두 침입자를 보는 눈빛이었다.

나는 아이들을 피해 뒷문으로 향했다. 그런데 키 큰 아이가 비웃으며 내뱉는 소리가 귓속을 파고들었다.

"거지 같은 산동네 새끼들!"

걸음을 멈췄다. 머리에서 생각하기 전에 주먹이 먼저 그 아이한테 날아갔다. 하지만 거기까지였다. 그 아이는 진짜 그 반의 짱인지 한 대 얻어맞고는 나를 몇 대나 쳤다. 소란이 지속되자 반 아이들이 그 아이의 팔을 잡아 말렸다. 그 아이가 나를 향해 소리쳤다.

"산동네 새끼가 어디서 개겨?"

소리치는 그 애 뒤편으로 김서린과 눈이 마주쳤다. 알 수 없는 미묘한 표정이다. 처음으로 산동네 사는 게 부끄러웠다.

나는 9반 교실을 뛰쳐나와 화장실로 가서 세수를 했다. 입술이 따가웠다. 손으로 물을 모아 입속을 헹궜다. 붉은 물이 하얀 세면대로 쏟아졌다. 입안 찢어진 곳에 혀를 대자 통증이 전해졌다. 수업 시작종이 울려 일단 교실로 들어갔다.

평소에도 집중해서 수업을 들은 건 아니지만, 그날 선생님의 목소리는 하나도 머릿속에 들어오지 않았다. 마음속에서 이글이글 분노가 솟아올랐다. 혀로 입안 상처를 더듬었다. 찌릿한 전기가 상처 부위에서 만들어졌다. 상처에 혀를 계속 갖다 댔다. 통증이 커지면서 내 안의 분노도 점점 커졌다. 나를 때린 그 아이보다 산동네 사는 우리 집에 대한 분노였다. 근데 그놈은 내가 산동네 사는지 어떻게 알았을까?

점심 급식이 끝나고 6반 정훈이를 만났다. 정훈이는 고춧가루 낀 이빨을 내보이며 물었다.

"누구한테 맞았냐?"

나는 부끄러움에 발뺌을 했다.

"뭔 소리야?"

정훈이 손가락으로 내 배를 가리켰다. 하얀 교복 위에 커다란 발자국

이 찍혀 있었다. 꾀죄죄한 교복인데도 발자국은 너무나도 선명했다.

"그리고 입술."

나는 본능적으로 입술에 혀를 내밀었다. 입술 끝도 갈라져 있었다.

"9반 서린이네 반에 나보다 키 큰 놈이 있던데?"

"정시우? 그 반 짱일걸."

"그 새끼가 산동네 산다고 무시하잖아."

"그 새끼 원래부터 신도시 아파트 산다고 산동네를 대놓고 무시해. 안 되겠어. 그런 놈한테 산동네의 무서움을 보여 줘야겠어."

"어쩌려고?"

"창완이 형한테 가자."

창완이 형은 나보다 키가 조금 작았다. 학년은 높지만, 과연 그놈을 당해 낼 수 있을까? 정훈이는 창완이 형을 학교에서도 자주 만나는지, 곧장 지금은 쓰지 않는 예전 학교 건물 뒤편으로 향했다. 거기에 작은 돌산이 있었다. 돌산 바위 위에 한 아이가 올라가 있었다.

"망보는 애일 거야."

돌산 뒤에서 몇몇 무리가 담배를 피우고 있었다. 모두 산동네에 사는 아이들이었다. 산동네에도 여러 무리가 있어서 이름은 몰라도 낯은 익었다. 창완이 형이 우리 둘을 발견하고 손을 흔들었다.

"민우 웬일이냐? 너 담배 안 피우잖아."

정훈이가 엄지로 나를 가리키며 말했다.

"형, 민우가 신도시 새끼한테 맞았어."

"뭐? 어디 봐 봐?"

창완이 형이 나에게 다가와 입술을 바라봤다.

"그 새끼 몇 반인데?"

옆에서 정훈이가 대답했다.

"2학년 9반 정시우."

괜히 일이 커지는 느낌이다. 난 서둘러 말렸다.

"괘, 괜찮아, 형."

"난 안 괜찮아."

창완이 형 옆에 있던 선배가 담배를 바닥에 던지고 일어서면서 끼어들었다. 교칙을 어기고 상의는 사복 차림이었다. 이름이 아마 승표였지? 승표 형은 야생의 냄새가 났다. 광대뼈가 툭 튀어나오고, 눈 옆에 찢어진 상처가 있었다. 검은자가 작아 눈이 매서워 보였다. 아는 얼굴이 아니었다면 눈을 마주보기도 힘들었을 것이다.

"창완아, 당장 손봐 주러 가자."

"혀, 형. 그렇게 까지는……."

승표 형이 내 어깨에 손을 올리고 말했다.

"네가 그렇게 무르니 신도시 새끼들이 우리 산동네를 무시하는 거야. 학교는 정글이야. 육식 동물이 될지, 초식 동물이 될지 네가 결정해."

"됐어. 민우 넌 옆에 서 있기만 해. 빨리 가자, 승표야."

창완이 형과 승표 형이 돌산을 돌아 학교로 내려갔다.

“민우야, 우리도 가자.”

“야, 형들이 어떡하려고 그러지?”

“뭐가 걱정이야? 우리는 옆에 서 있기만 하라는데.”

나는 두근거림을 안고 형들을 따라 학교 건물로 들어갔다. 점심시간이라 교실은 아까보다 더 떠들썩했다. 9반 복도에 서서 창문을 들여다보니, 정시우는 문제집을 풀고 있었다. 정훈이가 손가락으로 정시우를 가리켰다.

“형, 재야. 2분단 중간에 공부하는 놈.”

승표 형이 창완이 형에게 말했다.

“창완아, 네가 뒷문 맡아. 너희 둘은 나 따라오고.”

“오케이!”

창완이 형이 뒷문으로 걸어가며 대답했다.

승표 형은 앞문을 발로 세게 걷어차면서 교실로 들어갔다. 문이 벽에 부딪치며 쾅 소리가 크게 났다. 교실의 아이들이 침입자를 보았고, 순식간에 정적이 찾아왔다. 정시우는 승표 형과 나를 보고는 도망가려는지 일어서서 뒷문으로 향했다. 하지만 거기에는 창완이 형이 있었다.

창완이 형은 자신보다 큰 정시우에게 달려들어 싸대기를 날렸다. 정시우는 무방비 상태에서 맞아 그런지 두 대 맞고는 바닥으로 쓰러졌다. 승표 형은 교실 뒤로 가면서 의자를 하나 빼 들었다.

“이 새끼야, 네가 신도시 산다고 산동네 무시했다며? 조심해야지, 우리는 잃을 게 없는 놈들이야.”

승표 형은 새우처럼 웅크리고 있는 정시우의 팔을 향해 의자를 내리쳤다. 여자아이들이 꺅, 비명을 질렀고 순식간에 아이들이 몰려들었다. 나는 모여 있는 아이들을 바라봤다. 모두 두려워하는 눈빛이었다. 뭔가 알 수 없는 쾌감이 솟아올랐다.

아이들 사이에 서 있는 김서린과 눈이 마주쳤다. 김서린은 나를 이상한 눈빛으로 바라봤다. 그 눈빛은 뭐랄까? 그래, 한심함이었다. 같은 산동네 살면서 무시할 게 뭐람? 나는 턱을 내밀며 입 모양으로 '뭐?'라고 말했다. 김서린은 고개를 절레절레 흔들며 사라졌다.

곧 선생님들이 달려왔고, 우리 넷은 학생부로 끌려갔다. 그리고 정시우는 누군가 부른 앰뷸런스에 실려 갔다.

4

의자로 맞은 정시우의 팔이 부러졌다. 교실에서 구경했던 수많은 아이들이 우리가 나쁜 놈이라고 증언해 주었다. 누가 봐도 피해자는 정시우고, 우리는 학교 최고의 악당이었다.

학생부장 선생님의 얼굴에는 주름이 깊게 새겨져 있었다. 분명 머리끝까지 화가 치밀어 오른 것 같은데, 목소리는 온화했다.

"부모님께 알려야 하니, 한 명씩 전화번호를 대라."

아무도 나서지 않아 내가 먼저 엄마 전화번호를 댔다. 엄마는 식당에서 설거지를 하다가 허둥지둥 학교로 달려왔다. 엄마는 보통 아침 일찍

나가서 밤늦게까지 일하고 들어온다. 엄마에게 이런 수고까지 겪게 하다니. 죄책감이 모락모락 피어올랐다.

다음으로 신도시 아파트 청소를 하는 정훈이의 엄마에게 연락이 닿았다. 창완이 형은 할머니와 단둘이 사는데, 할머니는 지금 못 온다고 했다. 승표 형의 엄마는 학교 오기를 거부했다.

"승표 너, 어머니 말고 아버지 전화번호는 없어?"

"후후, 있지요. 근데 전화 못 받을 거예요. 교도소에 있거든요."

학생부장 선생님의 얼굴이 붉게 변했다. 승표 형은 학생부장 선생님의 눈을 피하지 않았다. 그날 두 엄마가 지켜보는 곳에서 우리는 진술서를 쓰고 집으로 돌아왔다. 가해자와 피해자 분리 조치로 우리 넷은 즉시 등교가 중지되었다.

그날 밤, 오랜만에 아버지에게 몽둥이찜질을 당했다. 몇 번이나 쓰러지도록 엉덩이를 맞았다. 하지만 나는 정시우의 팔을 부러뜨리지 않았다. 오히려 정시우에게 무시당하고 맞았다. 억울함에 엉덩이를 맞다가 벌떡 일어섰다. 아버지와 키가 비슷했다. 난 아버지에게 울부짖으며 대들었다.

"왜 싸운 줄 아세요? 산동네 사는 게 부끄럽고 창피해서요. 나도 신도시 높은 아파트에서 살면서 매일 맛있는 거 먹고 싶다고요."

아버지는 내 뺨을 때렸다. 하나도 아프지 않았다. 학교에서 배운 대로 가정 폭력이라고 소리쳤다. 상황을 지켜보던 엄마가 아버지와 나 사이에 끼어들었다. 나는 내 방으로 들어왔고, 아버지는 식탁 한쪽에서 늦은 밤까지 소주를 마셨다.

나는 이불 속에서 초고층 아파트를 상상하다가 잠이 들었다. 다음 날 부모님은 출근하고 누나는 학교에 갔지만, 난 집에 있었다. 느지막이 일어나 엄마가 차려 놓은 밥을 먹고 노트북을 켰다. 게임을 할수록 어젯밤 불쾌했던 기분이 차츰 맑아졌다. 학교에 있을 시간에 집에서 자유를 누리니 색다르게 기분이 좋았다. 게임을 얼마나 했는지 모르지만, 누가 대문을 두드렸다.

"누구세요?"

"나야."

김서린 목소리였다. 나는 문을 열었다. 학교에서 돌아와 옷을 갈아입었는지 사복을 입고 있었다. 김서린은 언제나처럼 서슴없이 집으로 들어왔다. 김서린의 부모님도 늦게까지 일을 해서 우리 둘은 어릴 적부터 자주 저녁을 같이 먹었다.

"하루 종일 집에 있으니까 좋냐?"

퉁명스럽게 말했지만, 김서린의 말투에 악의는 없었다.

"하루 종일 게임만 하고 좋지."

"쯧쯧, 라면이나 먹자. 빨리 끓여 와. 배고파 죽겠어."

김서린이 소파에 앉아 자신의 스마트폰을 들여다보며 말했다.

"몇 개?"

"둘이 먹으려면 세 개는 끓여야지."

요즘 나 혼자서도 두 개는 먹는다. 밥솥에 엄마가 해놓은 밥이 많으니 부족하면 밥을 말아 먹으면 된다. 식탁은 이런저런 물건들이 차지하고 있어서 제 기능을 하지 못한다. 나는 상을 가져다 거실에 펴고 라면을 끓여서 올렸다. 김서린이 스마트폰을 끄고 다가와 앉더니 젓가락으로 라면을 건져 후루룩 먹었다.

"민우 넌 어렸을 적부터 라면 하나는 잘 끓인단 말이야."

부모님들이 하루 종일 나가 일하니 일찍 라면 끓이는 법을 터득했다. 그게 초등학교 3학년 때다. 우리는 말없이 라면을 건져 먹고, 밥도 말아 먹었다. 배가 불렀다.

"이 누나가 오늘 온 것은 말이야, 네게 할 말이 있어서 그래."

"라면 먹으러 온 거 아니었어? 정말 맛있게 먹던데."

"진지하게 들으라고!"

나는 손을 들어 말하라는 제스처를 취했다.

"어제 정시우를 혼내 준 건 조금 시원했어. 걔는 항상 산동네를 무시하거든. 지가 왕이야. 구도시 아이들이 자기 신하고."

"그래서 승표 형이랑 창완이 형이 산동네 무시하지 못 하게 혼내 준 거잖아."

김서린은 둘째 손가락을 들어 좌우로 흔들었다.

"그 방법이 잘못됐다고 말하러 왔어. 근데 뭐 마실 거 없냐?"

나는 일어서서 냉장고로 갔다.

"오렌지 주스 줘?"

"좋아."

나는 오렌지 주스를 잔에 따라 김서린에게 건넸다. 김서린은 통통한 볼을 씰룩거리며 주스를 마셨다.

"우리는 초등학교에 들어가기 전부터 산동네에 살았어. 여기가 우리 집이고 이렇게 사는 게 당연한 줄 알았는데, 중딩이 되니 산동네가 창피해졌지?"

"당연한 소리."

나는 고개를 끄덕였다.

"민우 넌 산동네를 탈출하고 싶지 않아?"

"왜 아니야? 나도 신도시 초고층 아파트에 살고 싶지."

김서린은 나를 보며 혀를 찼다.

"탈출하고 싶은 사람이 이렇게 사냐?"

"내가 뭐 어떻게 산다고 그래?"

"신도시 아이들을 좀 보란 말이야. 걔네들은 항상 깨끗한 교복에 하얀 운동화를 신고 다녀. 하지만 산동네 아이들 꼴을 봐. 겉으로만 봐도, 산동네 티를 팍팍 내잖아."

"그건 부모님들이 바쁘니까 그렇지."

"너라도 깨끗해지란 말이야. 산동네를 탈출하고 싶으면 스스로 바뀌란 말이야."

김서린은 들고 있는 오렌지 주스를 한 모금 마시고는 말을 이었다.

"산동네 부모님들이 왜 바쁜가 생각해 봐. 우리 엄마는 신도시 아파트 청소를 하고, 너희 아빠는 거기 경비를 서. 신도시 아이들의 부모들에게 항상 고개를 숙인다고."

거기까지는 생각해 보지 않았다. 항상 신도시의 높은 아파트를 바라보면서 저기 살면 어떤 기분이 들까 하는 생각만 했다. 김서린은 진지하게 말을 이었다.

"걔네들은 학교 끝나면 학원 가서 11시까지 공부한대. 1학년 땐 시험이 없었지만, 2학년부터는 시험이야. 알지? 우린 곧 중간고사야. 이대로 가면 산동네 사는 넌 꼴등일 거야. 신도시 아이들이 상위권, 구도시 아이들이 중위권 그리고 산동네 아이들이 하위권을 차지하겠지."

나는 뭔가 반발하고 싶었다.

"성적이 인생에 전부는 아니잖아."

"바보야, 그런 말을 하는 사람은 모두 성공한 사람이라고. 그런 말에 속아 지금 이대로 간다면 넌 커서 우리 부모님들처럼 신도시 아파트 경비가 되는 거야. 정시우가 외제차 타고 출근할 때 고개를 숙이겠지."

그 장면을 상상하니 열이 확 올라왔다.

"난 커서 돈 많이 버는 일을 할 거라고."

"무슨 일? 그런 일 있으면 나도 좀 알려 줘. 혹시 범죄를 말하는 건 아니지?"

빤히 쳐다보는 김서린에게 한마디 하고 싶었는데, 할 말이 없었다.

"자, 친구로서 너에게 해 주는 마지막 충고야. 잘 들어. 너 학교 폭력으로 징계 얼마나 나올까?"

"몰라. 난 억울해. 때리지도 않았다고."

"아무튼 그 오빠들이랑 어울리는 것으로 보아 주말에도 어디 범죄 현장을 돌아다니고 있겠지?"

"아니야!"

펄쩍 뛰었지만, 얼굴이 화끈 달아올랐다. 지난번 피시방에서 자는 어른들의 지갑을 털었으니까.

"우린 어려서 슈퍼에서 껌을 훔치고, 문구점에서 필기구를 훔쳐서 팔았어. 머리가 커지면서 범죄는 점점 더 대담해지지. 학교 폭력을 저지른 그 오빠들은 고등학교에 올라가면 산동네의 다른 오빠들처럼 퇴학당하고 점점 더 심각한 범행을 저지르다가 결국 감옥에 갈 거야."

김서린의 말이 틀린 건 아니다. 하지만 어쩌겠나.

"그럼 난 어떡해야 하는데? 이미 가난한 산동네에 태어난걸."

"나도 몰라! 그저 평범하게 학창 시절을 보내고 우리 부모님처럼 사는 것이 좋을지도 모르고. 하지만 한 가지 분명한 건 범죄는 파멸로 가는 길이야."

김서린이 가려는지 자리에서 일어섰다. 김서린이 훌쩍 커 보였다. 산동네를 탈출할 무언가 찾은 것 같았다.

"서린아, 잠깐! 넌 어떡할 거야? 여기서 어떻게 탈출할 건데?"

"난 공부할 거야. 저 애들을 이기는 방법은 공부를 잘하는 거라고."

5

일주일 후 교육 지원청 학교 폭력 대책 심의 위원회 결과가 나왔다. 승표 형과 창완이 형은 8호 전학 조치가 내려졌다. 중학교는 의무 교육이라 9호 퇴학 조치를 내릴 수 없기에 8호는 최고 형벌이라고 할 수 있다. 정훈이와 나는 2호 접촉, 협박, 보복 행위 금지를 받았다.

결과를 받고 집에 돌아오는 동안 부모님은 말이 없었다. 침묵이 두려웠다. 집에 가면 또 아버지에게 몽둥이찜질을 당할까? 하지만 아버지는 아무 말 없이 냉장고에서 소주를 꺼내 식탁에 앉았다. 난 어머니와 거실 바닥에 앉았다.

"민우야, 너 전학 막으려고 아버지가 심의장에서 무릎을 꿇었어."

엄마의 말에 소주를 한 잔 마신 아버지가 잔을 탁 내려놨다.

"쓸데없는 소리!"

아버지는 더 말을 않고 다시 잔에 술을 따랐다. 내 가슴속에서 뭔가 소용돌이치듯 꿈틀거렸다. 아버지는 술잔을 비우고는 나를 보지도 않고 말했다.

"그저 정직하게 살면 되는 거야. 신도시 아파트 사람들은 갑질을 많이 하지만, 아버지는 꾹 참는다. 내가 떳떳한데 뭐가 문제야. 뉴스를 보거라. 결국 갑질하는 사람들 SNS에 다 알려져 파멸하지 않더냐?"

아버지는 신도시 정시우가 산동네 사는 나를 무시해서 싸움이 시작되었다는 것이 마음에 걸렸나 보다. 가슴속의 소용돌이가 눈으로 올라왔는지 눈물이 차기 시작했다. 우는 모습을 보이는 것이 부끄러웠다.

"알겠어요. 방으로 들어가도 되죠?"

"그래라."

나는 내 방으로 들어와서 머리끝까지 이불을 뒤집어썼다. 눈물이 흘러내렸다. 정시우에 대한 분노가 솟아오르기도 하고, 부모님이 불쌍하기도 했다.

다음 날부터 학교에 나갔다. 출석 정지로 일주일이 지났지만, 아이들은 변한 것이 없었다. 남자애들은 여전히 교실에서 뛰어다녔고, 여자애들은 삼삼오오 모여 화장을 했다.

자리에 앉아 아이들을 관찰해 보니, 평소 몰랐던 것들이 눈에 들어왔다. 쉬는 시간에도 돌아다니지 않고 공부하는 신도시 아이들은 깨끗한 교복에 하얀 운동화를 신고 있었다. 내 교복은 구김이 많고 운동화는 때가 잔뜩 껴 있었다. 눈을 돌려 우리 집 근처 산동네에 사는 아이를 보았다. 엎드려 자는데, 머리를 안 감았는지 머리카락이 떡져 있었다. 김서린의 말 그대로였다.

조례가 끝나고 담임 선생님이 나를 교무실로 불렀다. 책상에 프린트와 책들이 어지럽게 흩어져 있었다.

"2호 접촉 금지인 거 알지?"

"네."

"민우 너, 9반 복도 갈 일 없지?"

접촉 금지니 정시우가 있는 9반 복도에 가지 말라는 소리다. 김서린이 맘에 걸렸다. 하지만 어쩌랴.

"네, 없어요."

"그래. 당분간이라도 피해 다녀라. 너희 부모님이 울면서 용서를 빌었단다."

나도 알고 있다고 말하고 싶었다. 선생님과 눈이 마주쳤다. 결코 말끔하다고 할 수 없는 중년의 아저씨다.

"선생님도 어렸을 적에 가난했어요?"

선생님은 생뚱맞은 질문이라는 듯 미소를 지었다.

"우리 때 잘사는 사람은 없었어. 그냥 하루하루를 겨우 버티며 살았지. 아니 살아졌다고 해야 할까?"

삶이 살아졌다니 선생님도 철학을 하자는 건가?

"선생님도 제가 산동네 사는 거 아시죠?"

선생님은 입을 꾹 다물고 대답하지 않았지만 아는 눈치였다.

"거기를 벗어나려면 제가 어떻게 해야 하나요?"

"민우가 싸우고 나서 철들었구나."

내가 계속 바라보고 있자, 선생님이 자세를 바로 고치고 말했다.

"그건 어려운 질문이야. 하지만 이건 하나 말해 주고 싶구나. 범죄는 절대 안 된단다."

김서린이랑 같은 소리였다.

"에이, 그게 뭐예요? 그런데 쌤, 1학년 때는 시험이 없어서 성적표가 안 나왔지만, 그래도 제가 우리 반에서 몇 등쯤 될까요?"

"이 상황에 그게 왜 궁금한데?"

"이제 공부 좀 해 볼까 해서요."

"넌 중간에서 아래 정도야. 곧 중간고사니까 열심히 해 봐라."

교문에서 신도시 초고층 아파트를 바라봤다. 어른들이 말하는 중2병이 왔는지 요즘 감정이 좀 이상해졌다. 초고층 아파트에 반드시 들어가고 싶어졌다. 그렇다면 김서린 말대로 산동네 티를 벗어야 할까?

나는 먼저 운동화를 빨았다. 솔에 빨랫비누를 잔뜩 묻혀 검은 때가 낀 운동화를 박박 문질렀다. 빨아 놓으니 의외로 새것처럼 보였다. 교복 셔츠도 빨았다. 흰옷을 더욱 희게 만든다는 표백제를 넣고 손으로 비볐다. 마른 셔츠의 주름을 다리미로 펴자 새것처럼 깔끔해졌다. 깨끗한 교복과 신발을 신으니 산동네를 벗어난 것처럼 자신감이 생겼다.

다음은 공부다. 최대한 수업을 집중해 들어 보았다. 다행히 아예 이해하지 못할 정도는 아니었다. 방과 후에 다른 아이들은 학원에 가겠지만, 형편상 학원은 무리니 집에서 공부를 시작했다. 찾아보니까 유튜브 세상에는 중학교 강의가 많았다. 컴퓨터로 게임 이외의 것을 해 보는 건 처음이었다.

어느 날 늦은 밤까지 유튜브로 수학 강의를 듣다가 화장실에 가는데, 부모님이 소주를 가운데 두고 식탁에 앉아 있었다. 오늘은 엄마 앞에도 소주잔이 있었다. 엄마가 밝게 웃으며 물었다.

"민우, 여태 공부했니?"

"낼모레 시험이거든."

나는 어깨를 으쓱 올리며 대답했다. 게임할 때는 아버지 얼굴을 보면 주눅이 들었지만, 공부를 하니까 자신감이 솟아났다.

"근데 엄마도 술 마셔?"

"네 엄마가 술을 얼마나 잘 먹는데, 그것도 몰랐냐? 술꾼이야, 술꾼."

아버지가 소주병을 들어 엄마 잔에 따르며 말했다.

"당신, 애한테 못 하는 소리가 없어."

엄마는 아버지를 나무라는 듯 말했지만, 얼굴에는 미소가 있었다.

"그건 그렇고. 민우야, 이리 와 봐라."

아버지가 헛기침을 하고는 나를 불렀다. 아버지는 술이 올라 얼굴이 붉었지만, 기분이 좋은지 입꼬리가 올라가 있었다.

"가만있자……."

아버지는 식탁 의자에 걸쳐 있는 점퍼를 뒤져서 지갑을 꺼냈다. 지갑을 열어 속을 한번 보더니 5만 원짜리 지폐를 꺼내 나에게 내밀었다. 아버지한테 생전 처음 받아 보는 용돈이었다. 그것도 무려 5만 원. 머리가 생각하기 전에 손이 빠르게 나가 신사임당이 그려진 종이를 낚아챘다.

"엄마한테 들으니 요즘 스스로 교복을 빤다면서?"

나는 대답하지 않고, 고개를 숙였다.

"용돈 감사합니다!"

"그래, 이 아버지도 고맙다!"

화장실에 다녀와 내 방으로 들어왔다. 책 위에 5만 원짜리 지폐를 올려놓았다. 밖에서 아버지와 엄마의 웃음소리가 들려왔다. 그 웃음소리에 내 입꼬리도 자꾸 위로 올라가려고 했다.

"이런 젠장, 기분 좋잖아?"

나는 유튜브 수학 강의를 재생하고는 볼펜을 들었다.

6

중간고사가 끝났다. 국영수 80점대를 받았다. 이 성적은 평가 점수로 B다. 나름 만족할 만한 성적이다. 수학 선생님이 A가 20프로 정도라고 했으니 중간 이상 한 것은 분명했다. 앞으로 더 나아질 것이다.

집으로 터덜터덜 걸어가고 있을 때 정훈이한테 메시지가 왔다.

어디냐? 피시방 가자.

나 지금 교문이야.

잘됐다. 나도 곧 나가니 기다려.

피시방에는 게임을 하러 가자는 것일까? 돈을 훔치러 가자는 것일까? 잠시 기다리자 정훈이가 달려 나왔다. 징계 이후 처음 보는 거였다. 부모님의 감시가 심했고, 중간고사도 있었기 때문이다.

"야, 민우, 너 키 컸냐?"

"뭔 소리야?"

"오랜만에 보니까 뭔가 달라진 것 같아서."

"글쎄, 난 똑같은데."

정훈이가 내 어깨에 손을 둘렀다.

"가자. 창완이 형이 없지만, 우리 둘이 한탕 하게."

돈을 훔치자는 얘기다.

"나 돈 있어. 오늘은 게임이나 실컷 하자."

"진짜?"

아버지가 준 용돈이 있다. 이럴 때 쓰라고 주신 거겠지. 오랜만에 신나게 게임을 했다. 저녁쯤엔 배가 고파 라면에 공기밥, 음료 세트도 시켜 먹었다. 우리 둘은 거의 9시가 다 되어 피시방에서 나왔다.

"오랜만에 게임하니까 재밌다! 그치?"

"그래."

산동네로 가려고 구도시 골목을 지나는데, 코너 뒤 전봇대에서 누군가 우리를 불렀다.

"야! 너희 이리 와 봐."

가로등 아래 몇몇이 서 있는데 껄렁한 모습이었다. 무서운 고등학교 형들이었다. 도망가려는 순간, 누군가 뒤에서 정훈이와 내 어깨에 팔을 둘렀다. 큰 키에, 단단한 팔 힘이 느껴졌다.

"죽고 싶지 않으면 따라와라."

우리는 으슥한 골목 안쪽으로 끌려갔다. 주머니에 피시방에서 쓰고 남은 3만 2천 원이 들어 있었다. 어떻게 위기를 넘길까 고민하고 있을 때 희망의 목소리가 들렸다.

"어? 정훈이하고 민우네?"

창완이 형이었다. 자세히 보니 창완이 형 옆의 무서운 형들도 모두 산동네 형들이었다. 고등학교 올라간 후로 통 보지 못했던 얼굴들. 우리 어깨에 팔을 둘렀던 형이 말했다.

"얘네들이 그 코흘리개 정훈이하고 민우라고?"

그제서야 나도 그 얼굴을 알아보았다.

"호, 혹시 명인이 형?"

산동네에서 골목대장을 하던 형이었다. 보통 초딩에서 중딩으로 올라갈 때 키가 급속도로 큰다. 140센티였던 나도 2년 만에 170센티가 되었다. 명인이 형이 못 알아볼 만도 했다.

"오, 민우 너 키 많이 컸다!"

"네."

"자식아, '네.'라니 우리 산동네끼리."

명인이 형은 씨익 웃었다.

"담배나 피우자."

더 어두운 골목으로 가서 각자 담배를 물었다. 명인이 형이 담배를 건네자 난 머뭇했다.

"형, 걔는 담배 안 피워."

"흐흐, 아직 담배도 안 피우고 뭐하냐? 어서 받아."

"아빠한테 혼나서……."

"아직도 꼰대한테 벗어나지 못했냐?"

명인이 형은 내게 건네려던 담배를 자신의 입에 물고 불을 붙였다. 그리고 연기를 푸, 내뱉고 내게 물었다.

"너, 키가 몇이냐?"

"170 정도."

"덩치 좋네. 우리 마운틴 파로 들어와."

마운틴은 산이니 산동네 패거리를 말하는 것이겠지. 내가 대답을 머뭇거리자 옆에서 정훈이가 반기며 말했다.

"명인이 형, 나 들어갈래."

"오케이. 우리 마운틴 파는 이제 문구점에서 볼펜이나 훔치지 않을 거야. 확실하게 큰돈을 벌 수 있지."

고등학생인 명인이 형 무리와 창완이 형은 문구점에서 볼펜을 훔치다가 피시방에 돈을 훔쳤다. 이제는 골목에서 아이들의 돈을 빼앗는다. 나이가 더 많아지면 분명히 어른들의 돈이나 물건을 빼앗는 강도로 변신할 것이다.

김서린이 라면을 먹으며 했던 말이 떠올랐다. 산동네 형들이랑 어울리면 범죄를 저지르다가 결국 감옥에 갈 거라고. 이런 일을 예견하고 나에게 말해 준 걸까?

명인이 형은 아무렇게나 염색한 머리가 떡져 있었다. 담배를 피우는 손톱에 새까맣게 때가 껴 있고, 웃을 때는 까맣게 썩은 어금니도 보였다. 다른 형들도 형색이 마찬가지였다.

김서린의 말이 아니라도 이 무리하고 어울리면 미래는 없어 보였다. 아니, 감옥이다.

"좋아. 오늘은 늦었으니까 모두 집으로 들어가고, 내일 학교 마치면 ○○ 피시방으로 모여."

명인이 형이 말했다. 난 절대로 가지 않을 것이다.

교문에 서서 신도시 초고층 아파트를 바라보았다. 신호등이 초록불로 바뀌자 신도시에 사는 아이들이 길을 건넜다. 모두 등산용 배낭처럼 커다란 가방을 메고 있었다. 가방이 무거워서 그런지 아이들의 어깨는 앞쪽으로 굽어 있었다. 아마도 학원으로 바로 가겠지. 잠시 후 교문 앞 도로에 노란 학원 버스가 섰다. 커다란 가방을 멘 아이들이 우르르 차에 올라탔다.

"다들 힘들게 살고 있구나."

그때 엉덩이에 충격이 전해졌다. 내 엉덩이를 발로 찰 수 있는 사람은 김서린뿐이다.

"야, 집에 매운 라면 있냐?"

김서린이 매운 음식을 찾는다는 건 스트레스를 받았다는 뜻이다. 필통 속에 아버지가 주신 용돈이 아직 남아 있었다.

"서린아, 맛나 떡볶이집 갈래?"

김서린이 눈을 크게 떴다. 김서린은 맛나 떡볶이집에서 치즈를 잔뜩 뿌린 매운 떡볶이를 특히 좋아했다. 가격이 만 5천 원이 넘기 때문에 산동네 아이들은 가뭄에 콩 나듯이 먹을 수 있다.

"나, 돈 없어."

"내가 사 줄게."

김서린이 눈을 가늘게 떴다.

"또 산동네 오빠들이랑 돌아다니며 돈 벌었냐?"

"아니야. 나 기분 나빠지려고 한다."

난 토라진 척 몸을 돌려 걸었다. 그래도 걸음은 떡볶이집이 있는 상가로 향했다. 김서린이 뛰어와서 내 옆에 보조를 맞췄다.

"정말 아니지?"

"나 새로 태어났다!"

"그럼 중국 당면 추가해도 돼?"

"오브 콜스."

"매우니까 쿨피스도 큰 걸로 시켜야 할 텐데."

난 손가락으로 오케이를 만들었다.

"그냥 세트로 시킬까?"

"서린이 너 시키고 싶은 거 다 시켜."

"와, 신민우 너 멋있어 보이려고 한다."

"나 원래 멋있거든."

김서린은 세트에 중국 당면과 베이컨을 추가했다. 많은 양이지만, 우리는 돌도 씹어 먹는 중학생 아니던가? 바닥이 보일 때쯤 나는 젓가락을 내려놓았다. 배도 부르고, 너무 매워 입술도 따가웠다. 난 쿨피스를 따라 마시며 입안의 매운맛을 중화시켰다. 하지만 김서린은 멈추지 않았다. 아직 부족한지 연신 빨간 떡볶이를 젓가락질하기 바빴다. 오늘따라 김서린의 볼이 더 통통해 보였다. 김서린은 마지막 남은 김말이 튀김까지 떡볶이 국물에 찍어 먹고는 쿨피스를 따라 마셨다. 다행히 처음 만났을 때 보였던 우울한 표정은 사라졌다.

"매운 떡볶이가 그렇게 맛있냐?"

"요즘엔 마라탕도 맛있지만, 아직 떡볶이를 이길 순 없지."

"또 먹고 싶으면 말해라."

김서린의 표정이 다시 어두워졌다.

"나 이제 다이어트 할 거야."

"뭔 소리래?"

"나 정말 열심히 공부했거든. 그런데 90점 넘은 과목이 사회뿐이야."

오늘 김서린의 표정이 좋지 않았던 건 중간고사 성적 때문이었다. 김서린은 산동네를 탈출하기 위해 공부를 하겠다고 했다.

"공부로는 학원을 다섯 개씩 다니는 신도시 아이들을 이길 수 없어."

"그런데 다이어트는 무슨 소리야?"

"신도시 아이들을 이길 수 있는 방법은 외모뿐이야. 다이어트해서 예쁜 몸매를 만들 거야. 그래서 신비슬, 걔를 이길 거야."

신비슬은 1학년 때 같은 반이어서 나도 안다. 지금 9반 부회장인데, 남자애들 사이에서 꽤 인기가 있다. 또 신비슬은 신도시 초고층 아파트에 산다.

"다이어트를 한다고 걔를 이길 수 있는 건 아니야."

김서린은 약간 흥분했는지 주먹으로 테이블을 쳤다.

"너, 솔직히 말해 봐. 신비슬이랑 김서린, 둘 중에 한 명만 선택하라면 누구를 고를 건데?"

의외의 질문이 나와서 나는 순간 머뭇했다. 객관적인 시각으로 본다면 김서린이 통통한 스타일인 것은 맞다. 하지만 김서린은 초등학교 때부터 같이 다닌 친구다. 나의 상황을 이해하고 범죄로 빠지지 않도록 경고해 준 친구. 정이 더 가는 쪽은 당연히 김서린이다. 이런 생각에 빠져 대답이 늦어지자, 김서린이 자리에서 벌떡 일어섰다. 가방을 메고는 원망의 눈빛으로 나를 째려봤다.

"나쁜 놈!"

김서린이 밖으로 뛰어나가 버렸다.

"야, 김서린, 오해야."

하지만 내 말은 김서린에게 전해지지 않았다.

7

나는 평범하게 하루하루를 보냈다. 모든 것이 평화로웠다. 교복을 열심히 빨았고, 게임보다 공부를 더 많이 했다. 아버지는 늦은 밤 자주 소주를 마셨지만, 옆에 늘 엄마가 함께했다. 게다가 그때마다 아버지는 어김없이 내게 용돈을 쥐여 주었다. 물론 신사임당이 아니라 세종대왕이었지만, 그래도 그게 어디냐!

평범하던 일상에 파문이 인 것은 김서린과 떡볶이집에서 헤어지고 난 후 2주쯤 지났을 때였다.

쿵쿵쿵! 학교를 마치고 집에 있을 때, 누군가 거칠게 문을 두드렸다.

"누, 누구세요?"

"나야."

문밖에 김서린이 서 있었다. 그 사이 다이어트를 심하게 했는지 다른 사람처럼 보였다. 삐쩍 말라 눈과 광대뼈가 툭 튀어나와 기괴한 모습이었다. 김서린의 눈동자가 불안하게 흔들렸다.

"야, 김서린, 괜찮냐?"

"너희 집에 뭐 먹을 것 없냐?"

"일단 들어와."

김서린은 소파에 푹 파묻히듯 앉았다. 그러고는 허공을 멍하니 바라보면서 말했다.

"배고파."

"나가서 뭐 먹을까? 나 돈 있어."

아버지가 준 돈을 꽤 많이 모아 두었다.

"그럼 나, 짜장면 시켜 줘."

나는 어플로 짜장면 두 개와 탕수육을 시켰다. 왠지 병약해 보이는 김서린에게 고기를 먹여야 할 것 같았다. 김서린은 아무 말도 하지 않은 채 허공만 바라보고 있었다.

어색한 시간이 흘러 음식이 도착했다. 거실에 작은 상을 펴고 음식을 올렸다. 김서린은 상으로 달려들어 며칠 굶은 사람처럼 허겁지겁 짜장면을 먹기 시작했다.

"야, 천천히 먹어."

김서린은 대답 없이 젓가락으로 탕수육을 집었다. 하나, 둘, 셋, 넷, 다섯……. 다섯 조각이나 한꺼번에 입에 집어넣고 우물거렸다. 탕수육을 삼킨 김서린은 이어서 짜장면을 흡입했다. 씹지도 않고 넘기는지 면이 쉴 새 없이 입속으로 빨려 들어갔다. 나는 일어서서 컵을 가져다 물을 따라 주었다. 김서린이 물을 마시며 말했다.

"맛있다. 너도 어서 먹어."

게걸스럽게 음식을 먹던 김서린에게 문제가 생긴 것은 탕수육이 몇 조각 안 남았을 때였다. 김서린이 젓가락을 탁 소리 나게 상에 내려놓더니, 살이 빠져 커다래진 눈동자를 좌우로 빠르게 움직였다.

"나 도저히 못 참겠어."

"뭘?"

김서린은 벌떡 일어나 화장실로 달려갔다. 문이 쾅 닫히고 구역질하는 소리가 났다.

"서, 서린아, 괜찮아?"

안에서 문이 잠겨 있었다. 먹은 음식을 변기에 토하는지 연신 물 내리는 소리가 들렸다. 구역질 사이로 김서린이 날카롭게 말했다.

"저리 가."

나는 화장실 문 앞에서 이러지도 저러지도 못하고 있었다.

얼마나 지났을까? 툭 소리가 나면서 화장실 잠금이 풀렸다. 서서히 문이 열리며 김서린이 나왔다. 커다란 눈은 핏발이 서 빨갛게 변해 있었다. 김서린은 내 얼굴을 보더니 갑자기 울음을 쏟아 냈다. 바닥에 주저앉아 무릎 사이에 얼굴을 파묻고 엉엉 소리를 내면서 울었다.

나는 티슈를 몇 장 뽑아서 김서린에게 다가갔다. 옆에 무릎을 꿇고 앉아 어깨를 안아 주었다. 김서린의 아픈 마음이 그대로 전해졌다.

"서린아, 괜찮을 거야."

김서린이 고개를 들었다. 눈 주위에 눈물이 있었다. 티슈를 건네주자, 김서린이 내 가슴에 얼굴을 파묻고 다시 엉엉 울기 시작했다. 김서린의 어깨를 감싸 안았다.

나는 김서린이 진정될 때까지 기다려 주었다. 차차 울음소리가 잦아들고, 떨리던 어깨도 안정을 찾아갔다.

"서린아, 무슨 일인지 몰라도 이제 괜찮을 거야."

갑자기 김서린이 내 가슴을 두 손으로 밀치는 바람에 방바닥으로 발라당 넘어졌다. 김서린은 일어나 소파에 앉았다.

"멋있는 척하긴. 음료수나 가져와."

하긴, 먹은 음식을 다 토했으니 속이 좀 아플 것이다.

"기다려."

나는 냉장고에 있는 우유를 꺼내 컵에 따랐다. 거기다 설탕을 한 숟

가락 넣고는 전자레인지에 데웠다. 우유가 든 컵을 건네자 김서린은 두 손으로 감싸고 한 모금을 마셨다.

"따뜻하네, 달콤하고……."

김서린은 다시 우유를 마셨다. 그러고 나서 내 눈을 보면서 말했다.

"나 10킬로 뺐어. 몸무게가 42킬로그램이야. 어때? 예뻐?"

솔직히 난 예전의 통통했던 김서린이 더 좋다. 살이 빠지면서 김서린만의 매력도 모두 빠져나간 것 같았다. 그렇게 대답하고 싶었지만, 지금의 김서린은 뭔가 위험했다.

"그, 그래. 예뻐."

난 고개를 끄덕였다.

"거짓말! 네 얼굴에 티 나. 어렸을 때부터 거짓말을 못 했지."

예쁘지 않다고 오해할까 싶어서 난 사실대로 말했다.

"난 지금의 김서린보다 살 빼기 전이 더 좋아."

김서린이 나를 보고 눈을 흘겼다.

"내가 살 빼기 위해 얼마나 노력한 줄 알아? 음식을 먹으면 일부러 손가락을 넣어 토했다고."

"지금도 그런 거야?"

"그래. 뚱뚱한 여자보다 날씬한 여자가 예쁘니까."

"넌 안 뚱뚱해."

"이 정도로는 안 돼. 날씬해야 산동네를 탈출할 수 있어. 그래야 초고층 아파트로 들어갈 수 있다고."

김서린은 자리를 박차고 일어섰다. 가려는지 현관으로 걸어갔다.

"야, 김서린."

"그 이름으로 부르지도 마! 김서린이 뭐야? 김서린이?"

김서린은 문을 쾅 닫고 나가 버렸다. 언젠가 음식을 거부하는 병에 대해 들은 적이 있다. 거식증이었다.

나는 스마트폰으로 '거식증'을 검색했다. 신경성 식욕 부진증으로, 살을 빼려고 음식을 거부하거나 두려워하는 행동을 한다고 했다. 아마 오늘 음식을 급하게 먹고 토하는 걸로 보아 김서린은 거식증이 분명했다. 인터넷에는 거식증을 놔두었다가는 정신적, 신체적인 문제로 발전하고, 급기야 자살까지 할 수도 있다고 나와 있었다.

다음 날 학교에서도 김서린이 계속 걱정되었다. 나는 안절부절못하고 쉬는 시간마다 복도를 왔다 갔다 했다. 코너를 돌아 9반으로 뛰어가고 싶었지만, 접촉 금지 조치로 9반 복도에 갈 수가 없었다. 오전 수업을 듣는 둥, 마는 둥하고 점심시간이 되자마자 급식실 입구가 보이는 기둥 뒤에 숨어서 김서린을 기다렸다. 반별로 아이들이 들어가고 드디어 9반 차례가 왔다. 정시우가 맨 앞에서 친구와 떠들며 들어갔다. 기둥에 숨어서 내내 김서린을 기다렸지만, 9반이 다 들어갈 때까지 나타나지 않았다.

김서린은 지금 비정상적인 다이어트를 하고 있다. 급식을 안 먹을 가능성이 높다. 난 기둥에서 나와 9반으로 뛰어갔다. 9반 복도로 가는 것은 금지였지만, 지금은 정시우가 급식을 먹고 있으니 마주칠 리 없다.

9반 창문으로 가서 교실을 들여다보니, 김서린이 커다란 빵을 먹고 있었다. 쉴 새 없이 빵을 입으로 가져가 우걱우걱 씹었다. 또 시작인가? 나는 얼른 교실로 뛰어 들어가 반쯤 먹은 빵을 빼앗았다.

"김서린, 너 도대체 왜 그래?"

"미, 민우야, 네가 왜 여기 있어?"

고개를 들고 내 얼굴을 바라보는 김서린의 눈동자가 흔들렸다.

"네가 걱정돼서 왔지."

"네가 날 왜 걱정하는데?"

"바보야. 우리는 친구잖아. 네가 나를 걱정해 준 것처럼 나도 네가 걱정돼."

"또 멋있는 척."

김서린이 헛구역질을 했다. 속이 부대끼는지 교실 뒤의 쓰레기통으로 달려가서 먹은 빵을 토했다. 그리고는 입을 막고 교실 밖으로 뛰어 나갔다.

"서린아?"

김서린은 9반 복도 앞에 있는 여자 화장실로 뛰어갔다. 난 입구에서 멈췄다. 여자 화장실까지 들어갈 수가 없어서 안을 향해 소리쳤다.

"서린아, 괜찮아?"

김서린이 토하는 소리가 났다. 손가락을 목구멍에 넣고 위장에 남아 있는 음식까지 게워 내고 있는 것이다. 난 어제 검색했던 거식증을 떠올렸다. 김서린은 서둘러 병원 치료를 받아야 한다. 보건 선생님이라면 도울 수 있지 않을까?

난 1층 보건실로 달려가 벌컥 문을 열었다. 책상에 앉아 있던 보건 선생님이 놀란 얼굴로 쳐다봤다.

"선생님, 큰일 났어요!"

"왜 그러니? 뭔 사고 났어?"

"선생님 위험해요. 2학년 9반 김서린이 화장실로 토하러 들어갔어요. 어서 가 봐야 해요."

내가 다급하게 말해서인지 보건 선생님이 자리를 박차고 일어섰다.

"왜 토를 해? 어떤 상황인데?"

"거식증 같아요. 살이 벌써 10킬로나 빠졌는데도 폭식하고 일부러 토해요."

"거식증?"

"네, 심각해요. 제 친구 좀 구해 주세요."

보건 선생님과 9반 앞의 화장실로 달려갔을 때, 김서린이 화장실에서 나오고 있었다. 먹은 빵을 다 토했는지 눈이 빨갛게 충혈돼 있었다. 보건 선생님이 김서린에게 다가갔다.

"김서린 학생, 괜찮니?"

김서린이 고개를 끄덕였다. 보건 선생님이 김서린을 부축했다.

"일단 보건실로 가자."

보건 선생님은 나를 돌아보았다.

"네 이름은 뭐지?"

"신민우요."

"민우야, 넌 서린이 담임 선생님께 얘기 좀 전해 줄래? 어서 서둘러."

"네."

하지만 난 9반 담임 선생님한테 가는 대신 9반 교실로 들어갔다. 더 급한 일이 있다. 교실 뒤편의 쓰레기통을 들고 분리수거장으로 뛰었다. 9반 아이들이 교실로 돌아와 쓰레기통의 토사물을 보면 난리가 날 것이다. 김서린이 한 일이라는 것을 알면 보나 마나 왕따다.

나는 분리수거장 한쪽에 있는 대형 쓰레기 봉지에 쓰레기통에 든 것을 쏟았다. 그러고 나서 화장실에 가서 더러워진 쓰레기통을 닦았다. 수돗물을 틀어 놓고 손으로 문질렀다. 더러운 것도 잊고 토사물 이외에 묻어 있던 검은 때까지 손으로 박박 닦아 냈다. 머릿속에는 온통 김서린 걱정뿐이었다.

8

김서린은 학교로 달려온 서린이네 엄마 손에 이끌려 그날 바로 병원에 입원했다. 당장 병원으로 달려가고 싶었지만, 아줌마가 조금 기다렸다가 오라고 했다. 할 수 있는 일이라곤 그저 인터넷에서 거식증에 대해서 조사하는 것뿐이었다. 내가 조사한다고 김서린을 낫게 할 수는 없는데 말이다. 일주일 후 병원 문병이 허락되었다.

병원에 가기 전에 먼저 병원 앞 꽃집에 들렀다. 왠지 꽃을 선물하는 것이 부끄러웠지만, 거식증에 걸린 친구에게 먹을 것을 선물할 수는 없으니까. 나는 작은 장미 꽃다발을 샀다.

병원 8층으로 올라가 김서린의 병실 입구에 섰다. 문 앞에서 심호흡을 했다. 김서린이 어떤 충격적인 모습을 하고 있어도 놀라지 않아야 했기에 마음을 단단히 먹었다.

병실 문을 밀고 들어갔다. 6인실의 가장 안쪽, 김서린의 침상은 비어 있었다. 멍하니 빈 침상을 바라보는데 엉덩이에 충격이 전해졌다. 익숙한 충격이었다.

기쁜 마음에 돌아보자 김서린이 서 있었다. 김서린의 볼이 통통했다. 지난 일주일 동안 무슨 일이 있었는지 모르지만, 김서린은 예전 모습으로 돌아와 있었다.

"야, 그거 뭐야?"

김서린이 손에 들고 있는 꽃을 가리키며 물었다.

"이, 이거 선물."

난 장미 꽃다발을 내밀었다.

"치, 또 멋있는 척하기는. 차라리 치킨이나 사 오지."

말은 그렇게 했지만, 다행히 싫지는 않은 것 같았다. 김서린은 꽃다발을 받아들고는 침대에 올라가 냄새를 맡고 이리저리 둘러봤다.

나는 다시 제 모습으로 돌아온 김서린을 멍하니 바라보았다. 도대체 어떻게 된 일이지? 벌써 나은 건가?

“야, 뭘 그렇게 쳐다보냐? 내가 그렇게 예쁘냐?”

“어, 어떻게 된 거야?”

“뭐가 어떻게 돼?”

“이제 안 토해?”

“내 몸을 보면 모르냐? 너, 통통한 내가 좋다며?”

김서린은 다시 장미꽃의 냄새를 맡았다. 김서린의 통통한 볼이 장미꽃처럼 붉어졌다.

“그, 그래.”

“거기 의자 빼서 앉아.”

나는 의자를 빼서 걸터앉았다.

“이제 정말 괜찮은 거지?”

“몇 번을 말해? 야, 낼모레 퇴원하면 맛나 떡볶이 먹으러 가자. 이번에는 내가 살게. 나도 용돈 받았지롱.”

내 엉덩이를 걷어차고, 매운 떡볶이를 좋아하는 이 아이는 김서린이 분명하다. 확실히 다시 예전의 김서린으로 돌아온 것이다.

“좋아. 가자, 실컷 먹어 주겠어.”

김서린은 다시 장미꽃의 냄새를 맡고는 말했다.

“우리 담임 쌤이 쓰레기통이 하루 동안 사라졌다가 깨끗해져서 나타났다고 하던데……. 범인은 너지?”

나는 9반 복도 출입 금지다. 그날, 9반 아이들이 급식 후 교실로 돌아왔기 때문에 나는 깨끗해진 쓰레기통을 숨겼다가 모두 다 집에 간 저녁 늦게 갖다 놓았다. 나는 어깨를 으쓱했다. 김서린은 다시 꽃다발을 보며 말했다.

"신민우, 고마워!"

"친구끼리 뭐. 그건 그렇고 퇴원하면 같이 공부하자."

김서린은 주먹으로 나의 어깨를 쳤다.

"아야. 왜 때려?"

"히히, 네가 언제부터 공부했다고 그래?"

"나 이번 중간고사에서 평균 84점 받았어."

"오잉, 웬일이래? 그럼 기말고사에서 내기할까? 마라탕 어때?"

"그건 너만 좋아하는 거고. 탕수육으로 해."

"이제 마라탕의 시대라고. 얼얼하고 알싸한 게 얼마나 맛있는데. 민우 너도 이제부터 마라탕 먹어."

"알았다. 알았어."

김서린의 거식증은 분명히 심각했다. 인터넷에서 치료가 쉽지 않다고 했는데, 김서린은 한여름 밤의 꿈마냥 바로 돌아왔다. 김서린과 이렇게 이야기하는 게 즐겁다. 그러면 된 거다.

얼마 있다 서린이네 엄마가 오셔서 나는 병실을 나왔다. 아줌마가 엘리베이터까지 따라 나와서 배웅해 주었다.

"민우, 언제 이렇게 컸니? 우리 서린이도 그렇고. 금방 컸단 말이야."

"한참 클 때잖아요. 그런데 서린이는 이제 다 나은 거예요?"

"의사 선생님은 일시적 치유일 거라고 하더구나. 주위에 자신을 믿어 주는 사람이 있거나 지금 이대로의 모습도 괜찮다는 생각이 들거나 해서…….”

산동네가 모두 그렇지만 서린이네 엄마도 여태 바쁘게 지냈다. 이번 일로 김서린 곁에서 많은 시간을 보내게 되었다. 그게 일시적 치유의 요인이었을지도 모른다.

“아줌마 생각에는 서린이가 민우 너를 많이 의지하는 것 같아. 네 얘기를 많이 했거든. 민우야, 네가 학교에서 서린이를 꼭 지켜봐야 한다. 바쁘게 살다 보니 믿을 사람이 너밖에 없구나.”

어쩌면 나도 김서린이 낫는 데 도움이 되었을지도 모른다. 왠지 뿌듯하고 기뻤다.

“네, 걱정 마세요. 서린이 꼭 예전으로 돌아올 거예요.”

문병을 갔다 온 밤에 아버지와 엄마는 또 소주를 마시면서 웃고 있었다. 아버지가 나를 불렀다.

“민우야, 이리 와 봐라. 너 아직도 이 산동네가 그렇게 싫으냐? 밤에 조용하고, 공기도 맑고, 얼마나 좋냐?”

이 동네가 싫다기보다 아이들이 무시하는 게 느껴져서 싫었다.

“초고층 아파트에서 아래쪽을 보면 얼마나 경치가 좋겠어요?”

“이 녀석이? 그런 경치는 여기서 얼마든지 볼 수 있지 않냐?”

아버지는 기분이 좋은지 오늘 꺼낸 지폐에는 신사임당이 있었다. 나는 먹이를 잡는 매처럼 지폐를 낚아챘다.

"조금만 참아. 네가 어른이 되면 여기를 벗어나는 날이 올 거야."

아버지 말대로 언젠가는 그렇겠지?

"그런데 아버지, 요즘 기분 좋은 일 있으세요? 용돈도 자주 주시고, 엄마랑 소주도 자주 드시고 말이에요."

아버지는 어깨를 으쓱했다.

"네가 공부 열심히 하고, 학교 생활도 잘하니 기분 좋지. 월급도 오르고 말이야, 하하하."

엄마가 민우의 머리를 쓰다듬었다.

"민우야, 고맙다!"

엄마는 무엇이 고마운지 말하지 않았지만, 알 수 있었다. 아니 느낄 수 있었다. 부모님은 당신들이 바쁘게 살아서 신경을 많이 쓰지 못하지만, 힘내서 살아가는 나를 고마워하는 것이다.

"저는 걱정 마세요."

아버지 말대로 경치를 보고 싶었다. 나는 집을 나와 도시가 한눈에 보이는 배수지로 올라갔다. 주황빛 도시의 야경이 한눈에 들어왔다. 바로 아래 성냥을 바닥에 꽂아놓은 것 같은 것 같은 신도시 아파트들이 솟아 있고, 멀리 고속 도로에는 하얀 불빛을 켠 차들이 개미들처럼 줄지어 지나갔다. 실제로 자동차들은 경적을 울리며 자신의 갈 길을 빠르게 달려갈 테지만, 여기서는 소리 없는 무성 영화를 보는 듯했다.

"어? 산동네 야경이 이렇게 멋있었나?"

어릴 적부터 수천 번 올라온 배수지였다. 그때는 보이지 않았던 아름

다움이 보였다. 선생님 말씀대로 나는 이제 철이 들었는지 모르겠다.

"그래도 초고층 아파트에서 보면 또 다른 느낌이겠지?"

나는 두 팔을 벌리고 숨을 크게 들이쉬었다. 시원하고 상쾌했지만, 아버지 말대로 공기가 맑다는 느낌은 들지 않았다. 그건 아버지 나이가 되어야 느껴지려나?

나는 김서린이 입원한 병원을 찾아봤다. 손가락으로 도로를 따라가 병원 건물을 짚어 보았다. 저 하얀 사각 건물 어딘가에 내가 좋아하는 김서린이 있다. 검은 하늘에 김서린의 밝은 얼굴이 떠올랐다. 나의 얼굴에도 미소가 떠올랐다.

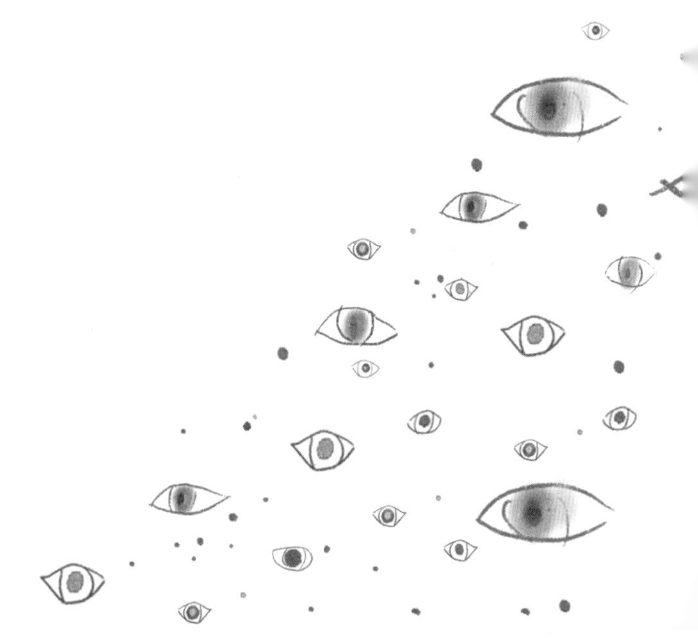

늑대 오빠

정명섭

정말 장미가 핀 공원 한가운데 늑대 오빠가 보였다. 하얗고 키가 큰 남자 아바타의 목덜미에 늑대 문신이 있었다. 비싼 헌팅캡을 쓰고 금으로 된 귀걸이와 목걸이까지 하고 있어서 바로 눈에 띄었다.

메타버스 사건 발생

"상태야, 너 메타버스가 뭔지 알아?"

민준혁 아저씨의 갑작스러운 물음에 나는 햄버거를 먹다가 심드렁하게 대답했다.

"글쎄요, 광역 버스 같은 건가요? 요즘은 건강을 위해서 걸어 다니는 편이라."

"중딩 녀석이 아재 개그를 하다니 세상 참 말세로구나."

아저씨가 그러거나 말거나, 나는 와구와구 햄버거 먹는 데만 집중했다. 초등학교 시절부터 눈칫밥으로 버텨 왔던 터라 굳이 독촉하지 않아도 어차피 할 얘기는 할 거라는 걸 잘 알고 있다.

내 이름은 안상태, 별명은 '상태 안 좋은 애' 혹은 '돈 밝히는 꼬맹이' 등등이다. 부모님이 이혼하고 둘 다 집을 나가 버린 탓에 외할머니 손에 자랐다. 그 외할머니마저 현재는 알코올 중독으로 병원에 입원해 있다. 그래서 몇 달째 내가 여동생을 데리고 살고 있다. 말하자면 옛날 영화에 나오는 소년 가장 같은 거다. 그러니까 돈을 안 밝힐 수 없는 상황이라 이 말이다. 하지만 어른들은 이런 내 사정은 아랑곳하지 않고 쓸데없는 훈계를 늘어놓곤 한다. 아니면 미성년자라는 이유로 일을 시키고도 제대로 돈을 주지 않는다.

부모님이 멀쩡히 살아 계신 까닭에, 난 정부에서 시행하는 각종 생계 지원 사업에 아무런 해당 사항이 없다. 그래서 민준혁 아저씨의 조수 노릇을 하며 생계를 유지 중이다.

민준혁 아저씨는 자칭 추리 작가 지망생 겸 탐정이다. 나이는 삼십 대 후반에서 사십 대 초반 사이로, 체중 관리를 안 해서 축 늘어진 뱃살이 티셔츠를 뚫고 나올 만큼 배가 나왔다. 포동포동한 얼굴에 눈매는 축 처졌다. 거기다 늘 먹고 난 흔적을 입가에 묻히고 다녔다.

그래도 준혁 아저씨는 명색이 탐정이라고, 인근 아파트에서 벌어진 일가족 독살 사건부터 사령카페[1] 살인 미수 사건 같은 여러 일들을 해결했다. 경찰이 나서기 애매한 동네의 소소한 사건들을 주로 의뢰받았는데, 정작 일이 커져서 형사까지 출동하는 경우도 종종 벌어졌다. 과정이 어떻든 간에 사건을 해결해서 형사들에게도 인정을 받긴 했지만, 상당 부분은 운이 좋거나 얻어걸린 거였다. 혹은 내 덕이 컸다. 준혁 아저씨는 잔머리는 잘 굴려도 센스가 있는 편은 아니었다. 대부분은 내가 재빠르게 움직이거나 조사해서 범인을 찾았다.

1) 죽은 혼을 불러내는 의식을 하거나 정보를 교환하는 인터넷 모임.

그렇다고 준혁 아저씨가 나를 마구 부려 먹는 나쁜 사람이라는 건 아니다. 어리다고 날 무시하지도 않고, 일한 만큼 돈도 꼬박꼬박 챙겨 줬다. 그래서 아저씨가 부르면 가능한 한 군소리 없이 응한다.

오늘도 갑작스러운 호출인데도 나는 짜증 내지 않고 아저씨가 사는 개봉동으로 왔다. 그리고 아저씨가 사 주는 햄버거를 먹으며 하나도 재미없는 아재 개그와 앞뒤 안 맞는 썰렁한 농담을 받아 주는 중이다. 날 불렀다는 건 의뢰받은 사건이 있다는 거고, 돈벌이를 할 수 있다는 뜻이다. 그치만 나는 꾹 참고 모른 척했다. 그래야 내 몫이 많아지기 때문이다. 내가 모른 척 햄버거만 먹자 준혁 아저씨가 슬쩍 휴대폰을 들었다. 메타버스를 검색하려는 게 분명했다.

예상대로 준혁 아저씨가 휴대폰을 들여다보면서 더듬더듬 이야기를 시작했다.

"그, 그러니까 초월과 가상을 의미하는 메타(Meta)와 세계관을 의미하는 유니버스(Universe)의 합성어로, 1992년에 출간된 닐 스티븐슨의 SF소설 〈스노 크래시(Snow Crash)〉에 나오는 가상 세계를 지칭하는 메타버스(Metaverse)에서 유래된 거야."

안도하는 표정을 짓고 있는 준혁 아저씨를 보며 나는 좀 놀리듯이 말했다.

"그거 트리위키에 나오는 설명 같은데요?"

당황한 준혁 아저씨는 급하게 말을 이어 갔다.

"어, 어쨌든 메타버스라는 게 요즘 대세래."

"우리랑은 상관없네요. 특히 아저씨랑은."

준혁 아저씨는 가지고 있는 휴대폰의 기능조차 제대로 쓰지 못한다. 그러니 지금 내가 놀리고 있다는 것조차 모를 것이다

"그렇긴 한데 이번에 의뢰받은 사건이 메타버스랑 연관이 있어."

"뭐라고요?"

"거길 들어가야 한다고."

"왜, 왜요?"

"왜요는 일본요가 왜요고."

늘 하던 썰렁한 말장난이라서 가급적 '왜요?'라는 물음은 피했는데 나도 모르게 나오고 말았다. 일차원적인 아재 개그에 당했다는 느낌보다 이번 사건에 대한 호기심이 더 컸다.

"메타버스는 가상 공간인데, 거기서 무슨 사건이 벌어져요? 거기서 사람이라도 죽었어요?"

"거기선 사람이 안 죽어. 아바타가 죽지."

"그럼 아바타 살인 사건이겠네요?"

햄버거를 다 먹어 치우고 감자튀김을 집으면서 물었다. 준혁 아저씨는 미국인처럼 어깨를 으쓱했다.

"나도 잘 몰라. 그래서 의뢰인들을 여기로 불렀어."

"의뢰인들이요?"

마침 햄버거 가게 문이 열리는 소리가 들렸다. 무심코 고개를 돌린 나는 하마터면 씹고 있던 감자튀김을 뱉을 뻔했다. 준혁 아저씨를 만나

러 온 게 분명한 두 여고생 의뢰인의 행색이 범상치 않았기 때문이다. 둘 다 인근 고등학교의 교복을 입고 있었다.

먼저 들어온 누나는 덩치가 어마어마했다. 거기다 머리를 뒤로 확 잡아당겨 묶어서 눈이 쭉 찢어져 보였다. 덕분에 성인 남자도 겁을 먹을 만한 센 이미지처럼 보였다. 뒤따라온 누나는 호리호리한 편이었는데, 머리를 녹색으로 염색하고 진한 화장에 귀걸이까지 했다. 치마를 짧게 줄여 입어서 쳐다보기도 민망할 정도였다.

둘은 준혁 아저씨를 발견하고 곧장 우리 테이블로 다가왔다. 뚱뚱한 누나가 내 옆에, 그리고 녹색 머리 누나가 준혁 아저씨 옆에 앉았다. 녹색 머리를 한 누나가 나를 힐끔 바라봤다.

"얘가 조수예요?"

"응, 안상태라고 해. 별명은 상태 안 좋은 애."

가장 싫어하는 별명을 말하는 바람에 나도 모르게 얼굴을 찡그렸다. 녹색 머리 누나가 피식 웃었다.

"귀엽네. 초딩이야?"

"아뇨. 중학생이요."

발끈한 내 대답에 뚱뚱한 누나가 나를 위아래로 훑으며 말했다.

"체구가 작아서 초등학생인 줄 알았어."

준혁 아저씨가 빨대로 콜라를 쭉 빨아 마시고 끼어들었다.

"제대로 못 먹어서 그래. 만날 때마다 먹을 걸 사 주는데도 도통 살이 안 찌네."

나는 맨날 영양가 없는 패스트푸드만 사 주면서 엄청 생색을 낸다고 투덜거렸다. 물론 들리지 않게 속으로 삭였다.

나는 감자튀김을 케첩에 찍어 먹으면서 두 여고생 누나의 눈치를 봤다. 둘 다 센 언니 스타일인 데다가 돈을 낼 의뢰인이니 얌전히 앉아 있는 게 좋을 것 같았다. 치마를 끌어 내린 녹색 머리 누나가 나를 힐끔 보고는 준혁 아저씨에게 물었다.

"얘 있는 데서 얘기해도 돼요?"

"꼬맹이지만 알 건 다 알아."

준혁 아저씨가 심드렁하게 대꾸했다. 치, 나 아니면 메타버스 찾으러 버스 정류장을 찾아 헤맬 거면서 누나들 앞이라고 허세였다. 여고생 누나들은 서로 눈빛을 주고받더니 뚱뚱한 누나가 입을 열었다.

"지애가 가출한 지 일주일이 넘었다고 신고했어요."

"경찰은 뭐래?"

"찾고는 있다는데 별로 관심이 없는 거 같아요."

"경찰들은 항상 그래. 일이 너무 많거든."

다 안다는 듯 대꾸한 준혁 아저씨가 덧붙였다.

"그래서 나 같은 탐정이 필요한 거지."

"우리 둘이 상의를 했는데 아저씨한테 의뢰할게요. 우선 지애를 괴롭힌 놈을 꼭 찾아 주세요."

뚱뚱한 누나는 교복 조끼에서 꾸깃꾸깃해진 돈 봉투를 꺼내서 준혁 아저씨에게 내밀었다. 하지만 놀랍게도 준혁 아저씨는 돈 봉투를 돌려 주었다.

"착수금은 필요 없어. 사건 해결하면 한꺼번에 줘."

"원래 착수금 있다고 하셨잖아요."

"생각해 보니까 안 받고 싶어졌어. 어쨌든 어른 잘못이잖아."

준혁 아저씨는 멋있게 말하려고 애를 썼지만, 전혀 그렇게 보이지 않았다. 하지만 두 누나들은 꽤 놀라고 감동받은 것 같았다. 차림새만 보면 남을 괴롭히고 못살게 굴 것 같은 두 누나들이 친구를 위해서 돈을 마련해서 탐정을 찾아왔다. 역시 겉모습으로만 사람을 판단하면 안 된다는 생각을 했다가 준혁 아저씨의 얼굴을 힐끔 보고는 중립을 지키기로 했다. 두 턱을 넘어 세 턱이 있는 얼굴에 축 늘어진 볼이 준혁 아저씨의 똥고집과 게으름을 그대로 말해 주었기 때문이다. 하지만 나름 착한 성격에 나를 이리저리 챙겨 주는 마음씨, 그리고 악당을 보면 못 참는 정의감은 준혁 아저씨의 장점이다.

내가 이런 저런 생각을 하는 사이 뚱뚱한 누나가 돈 봉투를 도로 집어넣었다. 살짝 아쉬운 눈빛을 던진 준혁 아저씨가 말했다.

"대신 의뢰할 사건에 대해서 정확하게 얘기해 줘. 지애에 대해서도. 또 그 사이 새로 알아낸 게 있으면 말해 주고."

여고생 누나들은 서로를 물끄러미 바라보며 거의 동시에 한숨을 내쉬었다. 녹색 머리 누나가 입을 열었다.

"지애는 착한 애예요. 공부도 상위권이고, 별다른 말썽을 피우거나 사고를 친 적도 없어요."

뚱뚱한 누나 역시 고개를 끄덕거리며 동의했다.

"맞아요! 지애는 조용한 성격에 책을 좋아했어요."

"보통은 그런 애가 사고를 화끈하게 치지."

팔짱을 낀 준혁 아저씨의 농담은 별로 웃기지 않았다. 눈을 살짝 내리깔고 내가 별로라고 눈치를 주자 준혁 아저씨가 재빨리 말을 돌렸다.

"그런 애가 왜 갑자기 가출을 하고 종적을 감춘 거야? 학교에서도 전혀 눈치채지 못했다고 했지?"

준혁 아저씨의 물음에 녹색 머리 누나가 얼굴을 찌푸렸다.

"에휴, 학주가 별일이라며 얼마나 호들갑을 떨던지. 진짜 재수 없었어요."

"그런데 너희들은 가출할 걸 눈치챘다는 거지? 어떻게?"

"말씀드렸잖아요. 우리 다 같이 또래 상담반이라고요."

"또래 상담반은 뭐야? 또래오래 치킨은 아는데……."

옆에서 듣고 있던 나는 속으로 '제발 그만!'이라고 외쳤다. 하지만 두 여고생 누나들은 친구의 가출 문제가 심각해서인지 그냥 무관심하게 넘어갔다. 뚱뚱한 누나가 한심한 눈으로 잠깐 준혁 아저씨를 바라보았을 뿐 설명을 해 주었다.

"학생들끼리 서로 고민을 털어놓고 해결책을 찾는 모임이에요."

"그렇구나! 그러니까 지애가 또래 상담반에서 너희들에게 가출로 이어질 만한 고민을 털어놓았다는 거구나?"

"네."

"뭐라고 했는데?"

뚱뚱한 누나가 잠시 머뭇거리다 말했다.

"남자 친구가 생겼다고 했어요."

"그게 가출로 이어질 만한 일인가? 로미오와 줄리엣처럼 부모님이 둘 사이를 갈라놓기라도 한 거야?"

속으로 언제 적 〈로미오와 줄리엣〉이냐고, 요즘 고등학생이 그 이야기를 알겠냐고 혀를 찼지만, 다행히 두 누나들이 알아들었다.

"그런 건 아니고요. 남자 친구 관련해서 고민이 있다고 하더라고요."

"무슨 고민?"

"남자 친구가 대학생 오빠라고 했거든요."

"고딩이 대학생이랑 사귀었다고?"

대수롭지 않은 듯 물었지만, 사십 대가 되도록 여자한테 눈길 한 번 못 받은 준혁 아저씨의 표정에서 숨길 수 없는 질투심이 새어 나왔다. 하지만 연애 경험이 없는 건 준혁 아저씨의 자업자득이다. 준혁 아저씨는 오직 추리와 책에만 푹 빠져 있어서 누군가 호감을 갖고 접근해도 못 알아차렸을 것이다. 누가 라면 먹고 가라고 하면 진짜로 라면만 먹고 올 사람이라는 뜻이다. 나한테 속내를 들킨 게 민망했는지 뒤늦게 표정 관리를 한 준혁 아저씨가 누나들에게 다시 물었다.

"그 대학생이 누군데?"

여고생 누나들은 거의 동시에 고개를 저었다.

"몰라요. 메타버스에서 만났다는 거밖에는."

뚱뚱한 누나가 대답했다.

"메타버스? 그 가상 공간에서 무슨 연애를 한다는 거야?"

꼰대 냄새가 폭폭 풍기는 준혁 아저씨의 질문에 두 누나들의 얼굴엔 실망감이 드러났다. 이러다 의뢰인을 놓칠까 봐 걱정이 된 내가 잽싸게 끼어들었다.

"그러니까 메타버스 안에서 남자 친구를 만났다는 거죠? 대학생?"

그러자 녹색 머리 누나가 고개를 끄덕거렸다.

"맞아. 우리랑 상담할 때 그렇게 얘기했어."

"그렇게 만났다고 해도 결국은 실제로 만나서 데이트를 하잖아요."

"그게 좀……."

녹색 머리 누나가 곤란한 표정을 지으며 맞은편에 앉은 친구를 바라봤다. 그러자 뚱뚱한 누나가 대답했다.

"메타버스 공간에서만 계속 만났나 봐."

"실제로 만나서 사귄 게 아니라요?"

내 반문에 두 누나가 동시에 고개를 끄덕였다. 그리고 뚱뚱한 누나가 말했다.

"작년에 학교에서 아르테미스라는 메타버스 공간을 돌아보는 숙제 같은 걸 내 준 적이 있거든. 대부분은 그냥 몇 번 돌고 나왔는데 지애만 푹 빠져서 계속 드나들었나 봐."

"저도 해 본 적 있어요. 아바타 같은 걸 만들어서 이곳저곳 돌아다니는 거죠?"

"맞아. 너도 해 봤구나."

"네."

물론 오래 하지는 못했다. 그걸 할 만큼 한가하지 않았고, 멋있는 아이템으로 아바타를 꾸미려면 돈이 많이 들었기 때문이다.

"그게 무슨 재미가 있다고?"

얘기를 듣던 준혁 아저씨의 물음에 뚱뚱한 누나가 대답했다.

"익명의 공간이라 편했대요. 아바타를 예쁘게 꾸미고 이곳저곳을 다니면서 스스럼없이 얘기를 나눌 수 있으니까요. 지애는 입학할 때부터 소심하고 말이 없었거든요."

"그래서 더 가상 공간에 빠진 모양이구나."

"학교는 전쟁터거든요. 공부해야지, 왕따 당하는 거 피해야지, 사고 치면 안 되지, 산더미 같은 과제해야지……. 휴우!"

뚱뚱한 누나의 푸념에 녹색 머리 누나도 한숨을 내쉬며 힘들어 죽겠다고 맞장구를 쳤다. 둘의 얘기를 들은 준혁 아저씨가 물었다.

"그래서 가상 공간에 빠져서 지내다가 거기서 만난 대학생 오빠하고 사귄 거네. 그런데 왜 실제로 안 만났지?

"저도 궁금해서 물었더니, 바쁘기도 하고 거기서만 만나는 게 편하다고 대답했어요."

뚱뚱한 누나의 대답에 준혁 아저씨는 정말 이해가 안 간다는 표정을 지었다.

"그런데 그게 가출과 연관이 있어요?"

내가 나서서 물었다.

“가출하기 얼마 전에 우리랑 상담할 때 괴롭다는 얘기를 했어.”

“대학생 오빠 때문에요?”

“응.”

“뭐가 괴롭다고 한 건데요?”

뚱뚱한 누나가 얼굴을 찡그렸다가 입을 열었다.

“그 오빠가 자기를 자꾸 힘들게 한대.”

“힘들게요?”

“구체적으로는 말해 주지 않았는데 좀…….”

답답해진 내가 직접적으로 물었다.

“성폭력 같은 게 있었나요? 아니면 가스라이팅?”

내 얘기에 여고생 누나들이 놀란 표정을 지었다. 그러자 준혁 아저씨가 심드렁한 표정으로 말했다.

“얘는 체구만 작지 알 거 다 안다니까. 그러니까 구체적으로 얘기해 줘. 그래야 무슨 일이 벌어졌는지 알아내고 찾을 수 있지.”

준혁 아저씨의 말에 녹색 머리 누나가 조심스럽게 입을 열었다.

“사진을 보내 달라고 했대요.”

“사진?”

“네, 옷을 벗고 찍은 사진이요.”

나도 모르게 ‘변태’라는 말이 나오려는 걸 가까스로 참았다. 준혁 아저씨 역시 비슷한 얘기를 하려다가 꾹 참는 것 같았다. 녹색 머리 누나가 입을 다물자 뚱뚱한 누나가 끼어들었다.

"그거 말고도 결혼 서약서를 쓰라고도 했대요."

"그건 또 뭔데?"

"성년이 되면 자기랑 반드시 결혼해야 한다는 계약서요."

"만약 결혼을 안 하면?"

준혁 아저씨의 물음에 뚱뚱한 누나가 어깨를 으쓱하며 어이없다는 듯 말했다.

"10년 동안 자기 노예로 지내야 한다나?"

"허, 조선 시대도 아니고 무슨 놈의 노예야? 아 참, 조선 시대엔 노비였지."

흥분한 준혁 아저씨만큼이나 나 역시 놀랐다.

"진짜예요, 그게?"

내 물음에 녹색 머리 누나가 우울한 표정으로 고개를 끄덕거렸다.

"몇 번 물어봤는데 진짜래. 그래서 이상하니까 만나지 말라고 했더니, 그럴 수 없다고 하더라고. 너무 사랑해서 말이야."

"진짜 푹 빠졌나 보네. 실제로 본 적도 없는 남자 친구의 무리한 요구 때문에 그렇게 고민하다니 말이야."

준혁 아저씨의 말에 녹색 머리 누나가 얼굴을 찡그리며 항변했다.

"현실이 얼마나 답답했으면 그랬겠어요? 우리도 듣고 엄청 놀랐다고요."

"그, 그래. 내가 잘 몰라서……. 친구를 탓해서 미안하다!"

준혁 아저씨는 얼른 사과했다. 그나마 다른 어른들과 달리 사과한다는 게 장점이었다. 여전히 씩씩거리는 녹색 머리 누나 대신 뚱뚱한 누나가 말했다.

"우리가 어떻게든 도와주려고 했는데 지애는 그럴 때마다 더 괴로워했어요. 그러다가 결국 가출해서 학교를 안 나오게 된 거고요."

얘기를 들은 나와 준혁 아저씨는 서로를 바라봤다. 메타버스 어쩌고 해서 쉽게 생각했는데 상황을 들어보니 그게 아닌 것 같았다. 가까스로 정신을 차린 준혁 아저씨가 여고생 누나들에게 물었다.

"지애가 만난 대학생 오빠에 대한 정보는?"

"몇 번 물어봤는데, 대학생 오빠라고만 하고 정확하게 알려 주지 않았어요."

"현실에서 일어난 사건이면 누군지 알아내서 미행이라도 해 볼 텐데 말이야. 가상 공간이라……."

준혁 아저씨가 난감한 표정을 짓자, 뚱뚱한 누나가 주머니에서 휴대폰을 꺼냈다.

"지애가 들어가는 아르테미스의 버블들을 알고 있어요."

"버블? 그게 뭔데?"

"아바타들이 모이는 가상 공간들을 버블이라고 해요. 학교도 있고, 무도회장도 있고, 공원도 있어요. 거기에서 아바타들이 모여서 이야기를 주고받고 간단한 게임도 해요. 메신저로 채팅도 하고요."

"아하, 그러다가 서로 눈이 맞아서 사귀는 거구나?"

씁쓸함과 부러움이 뒤섞인 준혁 아저씨의 말투에 나는 웃음이 터지려는 걸 겨우 참았다.

“버블에 들어가서 다른 단서를 찾아봤는데 더 나오는 게 없더라고요. 아참, 상대방이 누군지 물어봤을 때 잘생긴 늑대 오빠라고 한 적이 있어요.”

뚱뚱한 누나가 카톡을 들여다보며 말했다.

“늑대 오빠요? 아이디나 닉네임일 수 있겠네요?”

얘기를 듣던 내가 끼어들어서 묻자 녹색 머리 누나가 대답했다.

“그런 거 같아. 어쨌든 그 사람을 찾아야 지애가 돌아올 수 있을 거 같아. 집 나가서 어디서 뭘 하고 다니는지 너무 걱정돼.”

예전에 가출했던 경험이 있던 나는 그때를 떠올리며 중얼거렸다.

“가출 쉽지 않은데…….”

거기다 가출 팸[2]을 조사하면서 가출한 청소년 여자아이들이 어떤 일을 겪는지 대략 알고 있어서 더더욱 걱정되었다. 내 중얼거림을 들었는지 녹색 머리 누나가 씁쓸한 표정을 지었다.

“그러게. 나도 가출해 봤는데 사방이 괴물이야. 우리같이 어리고 힘없는 아이들은 희생자가 되기 십상이지.”

“어떻게든 우리가 찾아볼게요. 탐정 아저씨 실력 좋아요.”

내가 칭찬을 하자 준혁 아저씨가 웬일이냐는 표정으로 바라봤다. 기

2) 집을 나온 아이들이 살 집을 구해 같이 생활하는 가출 청소년 집단.

분은 나쁘지 않았는지 히죽 웃었다. 얘기를 마친 여고생 누나들이 자리에서 일어났다. 준혁 아저씨는 단서가 나오는 대로 연락하겠다고 말하면서 부탁을 했다.

"혹시 학교에서 지애랑 친하게 지냈거나 메타버스를 같이 한 애들을 찾아봐 줘. 뭐든 좋으니까 알아낸 게 있으면 나한테 알려 주고."

"카톡 드릴게요."

누나들이 문을 열고 나가자마자 준혁 아저씨가 말했다.

"말세다, 말세야. 착실하게 학교를 다니던 여고생이 그 가상 현실에서 사기꾼한테 빠져서 가출한 거잖아. 현실이 팍팍하다더니 가짜 현실도 마찬가지네."

"어디에나 악당은 있다고 아저씨가 얘기했잖아요."

"그래도 그건 현실 속이었지. 게임에서 악당은 그냥 싸우다가 죽지, 누군가를 유혹하거나 괴롭히지는 않아."

준혁 아저씨의 얘기를 들으면서 휴대폰으로 메타버스와 관련된 기사를 쭉 검색해 보았다.

"세상에! 메타버스에서 별의별 사건들이 다 일어나네요."

"별의별 사건?"

"네. 금방 찾은 것만 해도 꽤 돼요."

"읊어 봐라."

조선 시대도 아니고 읊으라니. 촌스럽다는 생각이 스쳐 지나갔지만 꾹 참고 검색으로 찾은 메타버스에서 벌어진 사건들을 들려줬다.

"메타버스 게임에서 성 착취 사건이 벌어졌다. 피해자 여고생 A양에 따르면, 새로운 게임을 하면서 친해진 가해자가 만나자고 하면서 음란한 내용이 담긴 메시지를 지속적으로 보냈다고 밝혔다. 이에 피해자 A양이 차단을 하자 새로 계정을 만들어서 접근을 했고, 계속 거부하자 이상한 소문을 내서 앞으로 게임을 못 하게 하겠다고 협박했다고 한다. 게다가 아바타의 신체 특정 부위를 찍은 사진을 보내라는 요구도 거듭했다. 이에 여고생 A양은 불안감에 빠져서 요구를 들어줬고, 그 모습을 녹화한 가해자는 더 심한 요구를 하면서 협박을 가했다가 경찰에 체포되었다."

첫 번째 사건을 읽어 주자, 준혁 아저씨가 고개를 절레절레 저었다. 그리고 콜라를 한 모금 마시고는 내가 들으란 듯이 트림을 크게 했다.

"아니, 고작 해 봐야 게임 캐릭터잖아. 그걸 가지고 협박을 한다고?"

"제 또래 아이들은 아바타를 자신과 동일시해요. 아바타를 꾸미고 가꾸는 과정에서 자기 분신처럼 여기기도 하고요. 그런 아바타를 가지고 협박하는 건 실제로 협박당하는 것과 다를 바가 없어요."

"현실과 가상을 구분하지 못 하다니, 아무리 어려도 그렇지 말이야. 쯧쯧쯧!"

꼰대 특유의 표정과 혀를 차는 모습이 좀 한심해 보였다.

"아저씨가 어렸을 때는 메타버스가 없어서 못 즐긴 것뿐이잖아요."

"그건 그렇지."

의외로 선선하게 대답한 준혁 아저씨가 턱으로 휴대폰을 가리켰다.

"또 다른 사건은 없냐?"

"인터넷 가상 세계인 메타버스에서 성인 남성이 초등학교 여학생에게 결혼 서약서를 요구한 일이 벌어졌다. 초등학교 6학년인 여자아이는 메타버스에 접속했다가 자신을 '왕자'라고 지칭하는 아바타와 만나게 되었다. 왕자는 자신의 신용카드를 이용해서 아바타를 꾸밀 수 있는 아이템을 선물해 주면서 여자아이에게 호감을 샀다. 그리고 열아홉 살 성인이 되면 자신과 결혼한다는 내용이 적힌 결혼 서약서를 주고받았다. 경찰 조사 결과, 왕자 아바타의 주인은 사십 대 남성이었다."

두 번째 사건 기사를 들은 준혁 아저씨는 토하는 시늉을 했다.

"우웩, 미친 놈 같으니……."

"의외로 많아요."

"세상 물정 모르는 아이들을 상대로 무슨 짓을 하는지 모르겠네. 메타버스 회사들은 대책을 안 세우고 뭐 하는 거야?"

"세우긴 하네요. 일 벌어진 뒤에 모니터링을 통해서 이상한 짓거리를 하는 계정을 폐쇄시키거나 특정 단어를 사용할 경우 차단시킨대요. 하지만 계정을 새로 만들고, 차단되는 단어 중간에 숫자를 끼워 넣는 방식 등을 통해 교묘하게 단속을 피해 간다네요. 전문가들은 메타버스 회사들이 좀 더 적극적으로 모니터링하고, 경찰과 법조계 역시 지속적으로 관심을 가져야 한다고 밝히고 있어요."

"역시 악당들은 꼼꼼하군. 가상 공간이라고 나쁜 놈이 없는 건 아니었네."

"어쩌면 더 심할 수도 있어요. 현실이 아니니까."

내 얘기를 들은 준혁 아저씨는 손으로 턱을 괸 채 생각에 잠겼다. 아저씨가 생각에 잠긴 사이, 나는 휴대폰으로 메타버스와 관련된 사건들을 몇 개 더 찾아서 읽어 주었다.

"메타버스 게임을 하던 여중생 B양은 대학생이라고 신분을 밝힌 남성과 사이버 커플이 되었다. 하지만 사귀면서 여러 가지 성적 요구를 하는 소위 온라인 그루밍을 시도했고, B양은 관계를 유지하기 위해 무리한 부탁을 들어줬다. 그러다가 요구하는 수위가 점점 높아져 협박을 받게 되었고, 견디다 못해 부모님에게 털어놓으면서 사건의 진상이 드러나게 되었다. 부모는 메타버스 업체에 곧장 이를 알렸지만 뒤늦게 계정을 정지하고, 개인 정보라는 이유로 수사에 협조하지 않아서 가해자를 검거하는 데 실패했다."

준혁 아저씨는 사건 얘기를 듣더니 한숨을 내쉬었다.

"심하게 얘기하면 SNS에서 일어난 N번방 같은 성 착취 사건이 가상세계에서 재현된 꼴이네."

"맞아요! 타락한 어른들이 있는 한 이런 사건은 없어지지 않을 거예요."

준혁 아저씨는 다시 자세를 바꿔서 턱을 괴었다.

"지애는 왜 가출까지 했을까? 보통은 견디지 못하고 부모님한테 알리잖아."

"그러게요. 가출은 날라리나 하는 거지 모범생은 안 하잖아요."

"아니면 우리 생각보다 더 위험한 상황일 수 있어."

"자기 의지가 아닐 수도 있겠네요. 예를 들어 납치를 당했거나……."

"끔찍하네!"

준혁 아저씨의 표정이 일그러졌다. 현실과 다름없이 가상의 공간에서 미성년 여성에 대한 성 착취와 그루밍이 이뤄지고 있다는 사실에 충격을 받은 듯했다.

한동안 아무 말이 없던 준혁 아저씨는 목이 타는지 콜라를 쭈욱 들이켰다. 다 마셔서 쪽쪽거리는 소리가 날 때 내가 잽싸게 일어났다.

"콜라 리필해 올게요. 동생 갖다 줄 햄버거도 하나 포장해도 되죠?"

"감자튀김이랑 콜라도 같이 포장해. 햄버거만 먹다가 목 막히겠다."

준혁 아저씨가 자기 카드를 건넸다. 역시 속내는 따뜻한 사람이다. 아저씨 콜라를 리필하고, 여동생에게 줄 치즈버거 세트도 주문해서 포장한 다음 자리로 돌아왔다. 팔짱을 낀 채 생각에 잠겨 있던 준혁 아저씨가 나를 올려다보면서 씩 웃었다. 그 간사한 웃음을 보니 왠지 등골이 오싹해졌다. 준혁 아저씨가 자기 카드를 넘겨받으며 말했다.

"방금 좋은 생각이 났어."

"뭔데요?"

손가락으로 나를 가리킨 준혁 아저씨가 대답했다.

"네가 위장을 하고 거기 들어가는 거야."

뻔한 물음이었지만 혹시나 하고 물었다.

"어디로요?"

"메타 택시 말고 메타버스로."

"그 늑대 오빠 찾으려요?"

"그렇지."

속으로 '망했다!'라는 소리가 절로 나왔다. 하지만 내 생각에도 그것밖에는 방법이 없었다. 가상의 공간이니 수색을 할 수도 없고, 탐문 수사를 할 수도 없다. 방법은 오직 상대방을 끌어내는 수밖에 없었다. 이렇게 된 이상 판돈이라도 끌어올려야 한다.

"아저씨, 대신 조건이 있어요."

"뭔데?"

"이번 사건 해결하면 7대 3이 아니라 6대 4로 나눠요."

"어린애가 뭘 그렇게 돈독이 올랐어?"

말은 그렇게 해도 딱히 거절할 상황은 아니었다. 어차피 메타버스가 뭔지도 모르니 내 도움이 절대적으로 필요할 것이다.

"아저씨가 착수금도 안 받아서 저는 오늘 빈손으로 돌아가잖아요."

"알았어. 6대 4로 해 줄 테니까 아르미스 잘 뒤져 봐."

"예, 아르미스 말고 아르테미스로 늑대 오빠를 찾아 떠나 볼게요."

"그, 그래, 아르테미스. 어린 여자아이인 척 돌아다니다가 그놈이 접근해 오면 잘 낚아 봐."

준혁 아저씨는 손으로 낚시질하는 시늉을 했다.

"해 볼게요. 그런데 지애 누나 행방은 어떻게 찾죠?"

"일단 그놈을 잡아 보면 알겠지. 만약 무서워서 도망친 거라면 잡혔다는 소식을 듣고 나타날 거야. 그게 아니라 잡혀 있는 거라면……"

무거운 표정이 된 준혁 아저씨가 곧이어 덧붙였다.

"……하루라도 빨리 잡아야지, 그 놈을 말이야."

나 역시 고개를 끄덕거렸다. 한 번도 얼굴을 본 적은 없지만, 위안과 휴식을 얻기 위해 찾아간 공간에서조차 도망치고 싶어 했다는 사실이 너무 가슴 아프게 느껴졌다.

늑대 오빠 찾기

그 날, 집으로 돌아가자마자 바로 아르테미스에 가입했다. 치즈버거 세트를 주고 꼬드긴 여동생의 이름으로 말이다. 팝업 창에 뜬 홍보 문구를 누르고 가입 선물로 사이버 머니를 받았다. 이것과 준혁 아저씨가 준 돈으로 아바타를 예쁘장하게 꾸몄다. 그리고 사건을 의뢰한 여고생 누나들이 알려 준 버블들을 돌아다녔다. 한참 동안 버블들을 어슬렁거렸지만 별 소득이 없었다. 결국 옆에서 치즈버거를 먹고 손가락을 빨고 있는 여동생에게 늑대 오빠한테 연락 오면 알려 달라고 부탁을 했다.

다음 날, 학교에서 돌아오자 여동생이 말했다.

"오빠, 얼른 와 봐. 늑대 오빠한테 메시지 왔어."

"정말?"

가방만 내려놓고 바로 컴퓨터 앞으로 갔다. 정말 장미가 핀 공원 한 가운데 늑대 오빠가 보였다. 하얗고 키가 큰 남자 아바타의 목덜미에 늑대 문신이 있었다. 비싼 헌팅캡을 쓰고 금으로 된 귀걸이와 목걸이까지 하고 있어서 바로 눈에 띄었다. 여동생이 조종하는 아바타 주변을 껑충껑충 뛰며 맴돌던 늑대 오빠가 메시지를 보내왔다. 프로필을 봤는지 초등학생이냐고 물었고, 여동생이 6학년이라고 대답하자 하트를 날렸다. 내가 얼굴을 찡그리자 여동생이 물었다.

"오빠, 어떡할까? 다시 메시지 보내?"

"일단 계속 이야기 나눠 봐."

나는 자리에서 일어나며 모니터를 바라봤다. 여동생은 다행히 능숙하게 늑대 오빠와 얘기를 나눴다. 늑대 오빠는 몇 가지 아이템을 선물해 준 다음 본격적으로 본색을 드러냈다.

우리 애기 사진 찍어서 보내 줄 수 있어요?
오빠가 간직하고 싶어서 그래요.

여동생이 "미친놈!"이라고 욕하고는 나를 바라봤다. 나는 적당히 이야기를 끌어 보라는 뜻의 손짓을 했다. 여동생이 메시지를 보냈다.

사진이요? 쑥스러운데.

오빠가 영원히 간직하고 싶어서 그래요.

늑대 오빠는 아이템을 하나 더 보내 왔다.

선물 줘서 고마워요.
사진은 생각해 볼게요.

앞으로 잘 지내보자는 의미니까
너무 빼지 말아요.

그래도 사진은 좀 빠른 것 같아요.

여동생이 계속 사진 보내는 걸 거절하자 늑대 오빠가 돌변했다.

나 자꾸 화 나게 하지 마.

여동생은 내 휴대폰을 들더니 셀카를 찍었다. 요령껏 이마 위쪽과 벽지만 나오도록 각도를 조정했다.

"오빠, 이걸로 보낼게."

여동생이 사진을 보내 주자 늑대 오빠의 화가 누그러졌다. 아이템을 몇 개 더 보내 주고는 자기랑 다른 버블에 가서 놀자고 했다. 여동생이 나를 슬쩍 보더니 좋다고 답하며 채팅을 이어 갔다. 그걸 본 내가 여동생의 어깨를 토닥거렸다.

"잘했어."

"저 사람이 나쁜 놈이지? 오빠가 찾는?"

"맞아. 메타버스 안에서 그루밍 성범죄를 저지르는 놈이야."

"근데 어떻게 잡을 건데?"

여동생의 물음에 나는 말문이 막히고 말았다. 메타버스라는 가상의 공간에서 활동하는 놈을 현실로 끌어낼 방법이 없었다. 여동생이 아이디어를 냈다.

"나도 사진을 보내 달라고 할까?"

"아하, 그걸로 단서를 잡으라고?"

"응."

여동생에게 위험한 일을 시키는 게 마음에 걸렸지만, 지금으로선 지푸라기라도 잡아야 했다.

그때 준혁 아저씨한테 전화가 왔다. 나는 부엌이 딸린 좁은 거실로 나와서 작은 목소리로 전화를 받았다.

"예, 아저씨."

"단서는 좀 잡았니?"

하루 만에 무슨 단서 타령이냐는 말이 목구멍까지 올라왔지만, 입 밖으로 내지는 않았다. 나는 여동생이 있는 방을 힐끔 보고 대답했다.

"늑대 오빠랑 만나기는 했어요."

"그쪽이 먼저 연락한 거야?"

"네. 선물을 주면서 이것저것 말을 걸더라고요."

"일단 단서를 좀 잡아 봐."

"안 그래도 계속 얘기 중이에요."

"지애는 찾았다."

준혁 아저씨의 말에 나는 휴대폰을 고쳐 잡았다.

"진짜요? 어디서요?"

"부산."

"멀리도 갔네요. 별 이상은 없대요?"

"찜질방 같은 데 묵으면서 해변을 돌아다녔나 봐. 그러다가 교통사고를 당해서 중상을 입고 병원에 입원했대."

"예? 교통사고요?"

깜짝 놀란 내가 묻자 준혁 아저씨가 한숨을 쉬며 대답했다.

"해운대 엘시티 근처 도로에서 자동차에 치였나 봐. 한산한 새벽이라 차가 과속해서 달리다가 지애를 보고도 미처 속도를 못 줄였나 보더라고."

"중상이래요?"

"글쎄, 생명에는 지장 없지만 아직 의식이 돌아오지 않고 있대. 부산에서의 행적을 조사 중인데 마지막 며칠은 노숙을 한 것 같다네. 지애가 의식이 없으니 자세히 조사를 할 수 없지만……."

"그 상황이면 아직 조사는 무리죠."

"그나마 늑대 오빠란 녀석이랑 연결 고리가 생겨서 다행이다. 놓치지 말고 잘 붙잡고 있어. 바로 돈 보낼 테니, 아이템 더 사서 아바타 예쁘게 꾸미고."

내가 아니라 여동생이 한 거라고는 차마 말하지 못했다. 준혁 아저씨는 아바타를 치장하기 위한 아이템 구입비를 추가로 보냈다. 나는 전화를 받으며, 휴대폰으로 입금된 내역을 확인했다.

"받았어요, 아저씨. 고마워요! 근데 지애 누나는 늑대 오빠한테 어떤 일을 겪었을까요?"

"지금부터 그걸 알아봐야지. 이런 범죄의 특성상 피해자는 지애 혼자가 아닐 거야."

"그렇겠죠?"

그때 방에 있던 여동생이 나를 불렀다. 나는 서둘러 아저씨와의 통화를 마무리하고 방 안으로 들어갔다. 여동생이 모니터를 가리켰다.

"오빠, 봐 봐. 늑대 오빠가 사진을 보냈어."

나는 재빨리 모니터에서 늑대 오빠가 보낸 사진을 확인했다. 여동생이 보낸 것처럼 얼굴은 드러나지 않고 뒷배경이 주로 보이도록 찍은 거였다. 그것만으로 뭔가를 특정할 수는 없었다. 얼굴이 찍힌 사진도 한 장 있었지만, 거울에 대고 찍어서 빛이 반사되는 바람에 도무지 알아볼 수가 없었다.

"이걸로는 모르겠는걸."

화면을 보면서 중얼거리는데 갑자기 여동생이 헛구역질하는 시늉을 했다.

우리 애기,
오빠가 선물도 보내 줬으니
뽀뽀나 한번 할까?

나는 울컥 부아가 치밀었다. 하지만 어떻게든 단서를 찾아야 했기 때문에 꾹 참고 화면을 들여다봤다.

만나지도 않았는데 어떻게요?

여동생의 물음에 늑대 오빠의 아바타가 바짝 다가왔다. 그리고 두 팔로 여동생의 아바타를 끌어안고 흡사 어른들처럼 키스하는 동작을 취했다. 우웩! 더없이 혐오감이 느껴졌다. 비록 가상의 아바타였지만, 마치 내가 원하지 않는 입맞춤을 강제로 당한 느낌이었다. 제멋대로 키스를 한 늑대 오빠는 다음에 보자는 말과 함께 깡충거리며 멀리 사라졌다. 여동생 역시 기분이 나빴는지 손등으로 입술을 닦았다.

"미안해! 이런 일을 당하게 해서……."

"괜찮아. 실제도 아닌데, 뭐!"

말은 그렇게 하면서도 여동생은 화장실로 달려가 입을 헹궜다.

나는 어떻게든 단서를 찾아야겠다는 생각에 늑대 오빠가 보낸 사진을 다시 들여다봤다. 하지만 벽이나 창틀이 나온 뒷배경만으로 뭔가를 찾는 건 불가능해 보였다. 두 번째 보낸 사진 역시 얼굴이 온통 빛으로 가려져서 전혀 외모를 짐작할 수 없었다.

한참을 들여다보다가 뭔가 아이디어가 떠올랐다. 나는 거울을 보고 찍은 사진을 카톡으로 옮겨서 준혁 아저씨에게 보냈다.

늑대 오빠가 보낸 사진 중 하나예요.
빛 때문에 얼굴이 안 보이는데,
혹시 경찰에 부탁해서 빛을 지우면
얼굴이 보이지 않을까요?

한번 알아볼게. 수고.

일단 한숨 돌리고 난 뒤에 나는 다시 아르테미스를 한 바퀴 돌아봤다. 늑대 오빠만큼 집적거리는 건 아니지만, 여동생 아바타에 접근해서 선물로 환심을 사려는 시도가 많았다.

"아이고야!"

몇 살인지, 여자인지 묻는 메시지만 봐도 머리가 아팠다.

잡았다!

다음 날, 학교를 마친 뒤에 준혁 아저씨를 만나러 개봉역 쇼핑몰에 있는 햄버거 가게로 갔다. 전철역에서 쇼핑몰로 올라가려는데, 하필 에스컬레이터가 수리 중이었다. 하는 수 없이 낑낑거리며 계단으로 올라갔다. 자주 이용하지 않아서 몰랐는데, 오래전에 지어진 쇼핑몰의 계단은 굉장히 낡아서 마치 타임머신을 타고 수십 년 전으로 돌아간 것 같았다. 나는 계단을 오르다 중간 계단참에 잠시 멈춰 섰다. 계단참 벽면에 커다란 거울 하나가 붙어 있었다. 아래쪽에 '개봉역 쇼핑몰 오픈 기념_지역 상인회'라고 적혀 있는 걸 보니, 쇼핑몰이 생길 때쯤 붙인 거울 같았다.

거울 앞에서 잠시 숨을 고르고 남은 계단을 마저 올라 햄버거 가게로 들어섰다. 준혁 아저씨가 손을 번쩍 들었다.

"여기야."

가까이 다가가자 준혁 아저씨가 자연스럽게 신용카드를 건넸다. 나 역시 자연스럽게 카드를 받아서 카운터 근처에 있는 키오스크로 가서 주문을 했다. 주문하고 나온 번호표와 영수증을 챙겨서 자리로 돌아와 준혁 아저씨에게 카드와 영수증을 건넸다. 아저씨는 휴대폰을 들여다 보면서 그걸 바지 주머니에 쑤셔 넣었다. 나는 자리에 앉자마자 여동생한테 카톡 메시지가 왔는지 확인했다. 아직 별다른 연락이 없었다.

"아저씨, 사진은 어떻게 됐어요?"

"복원이 어렵대."

"영화나 드라마 보면 쉽게 되던데요?"

"그거 다 개뻥이야. 게다가 정식으로 절차를 밟지 않아서 더 어려울 거야."

"결국 우리가 잡아야겠네요."

"그렇지. 경찰도 움직이는 것 같긴 한데 지애가 아직 의식이 없는 상태라서 손가락만 빨고 있어. 대체 무슨 일을 당한 걸까?"

문득 어제 여동생 아바타가 겪은 일이 떠올라 몸서리가 났다. 그때 벨소리가 나면서 전광판에 주문 번호가 떴다. 준혁 아저씨가 갈 리 없으니 재빠르게 일어나서 카운터로 향했다. 한쪽 구석에 햄버거와 콜라가 담긴 쟁반이 보였다. 그래도 혹시 모르니 확인차 카운터에 서 있는 남자 직원한테 물었다.

"이게 405번인가요?"

아저씨처럼 보이는 남자 직원은 휴대폰에 정신이 팔려 내 질문을 듣지 못했다. 나는 다시 한 번 큰 소리로 물었다. 그제야 내 목소리를 들은 남자 직원은 건성으로 "맞아요!" 대답하고는 다시 휴대폰에 코를 박았다.

살짝 빈정이 상한 채 돌아서서 테이블로 돌아오자 준혁 아저씨가 기다렸다는 듯 햄버거의 포장을 벗겼다. 나는 플라스틱 음료수 뚜껑에 토마토케첩을 짠 다음에 쟁반에 감자튀김을 쏟아서 찍어 먹었다. 준혁 아저씨가 햄버거를 한 입 베어 우물우물 씹으며 입을 열었다.

"혹시 늑대 오빠, 다른 사진도 있어?"

"네. 그런데 그냥 벽지랑 창틀만 보여서 확인이 불가능해요."

"일단 계속 접촉하면서 최대한 개인 정보를 캐 봐."

"눈치 빠른 놈이라 쉽지 않을 거 같아요."

한 번밖에 얘기를 안 나눴지만, 늑대 오빠란 놈이 얼마나 교활하고 약삭빠른지 쉽게 알 수 있었다. 틀림없이 놈은 자기가 하는 짓이 얼마나 나쁜지도 알고 있을 것이다. 따라서 자기를 추적할 수 있는 단서도 쉽게 남기지 않을 것이다. 이런저런 생각을 하는데 휴대폰으로 여동생이 카톡을 보내 왔다.

오빠, 메타버스 들어갔더니
그 변태 늑대한테 또 메시지 왔어.

뭐래?

자기랑 놀면 선물 많이 준대.
대신 자기가 볼 수 있게 사진 찍어서 보내래.
그리고 자꾸 내 아바타한테 이것저것 시켜.
이상한 포즈 잡아 보라고 하고, 비키니 스킨
보내 줄 테니까 입어 보라고 하고.

뭐라고? 왈칵, 짜증이 나서 나도 모르게 소리를 지를 뻔했다. 하지만 일단 범인을 잡는 게 우선이라 꾹 참고 동생에게 카톡을 보냈다.

일단 비위 맞춰 주면서
단서가 될 만한 걸 찾아봐.

알았어, 오빠.
오늘은 치즈버거 말고 치킨버거로 부탁해.

오케이.

여동생과 카톡을 주고받는 사이, 자기 햄버거를 다 먹어 치운 준혁 아저씨가 내 햄버거에 눈독을 들였다. 나는 재빨리 포장을 벗겨서 한 입 베어 먹었다. 그제야 안심이 된 나는 여동생에게서 온 카톡 내용을 아저씨에게 알려 줬다.

“이만저만 큰일이 아니네. 현실이나 가상 세계나 똑같이 말이야.”

“그러니까요. 조용한 모범생도 가출할 정도니까요.”

한숨만 쉬고 있을 수는 없어서 늑대 오빠가 여동생에게 보낸 두 번째 사진을 휴대폰으로 확대해서 하염없이 들여다봤다. 얼굴 윤곽이라도 잡히면 좋으련만 거울에 비친 빛이 워낙 커서 마치 모자이크를 한 것같이 형태감이 깨져 보였다. 마치 오래 들여다보면 늑대 오빠의 얼굴이 드러나기라도 할 것처럼 보는데 눈이 너무 아팠다. 눈을 깜빡거리면서 시선을 아래로 내렸다. 그러다가 사진 끝, 정확하게는 사진에 찍힌 거울이 보였다.

"아저씨, 여기 사진 속 거울에요, 글씨 같은 게 적혀 있는데요?"

준혁 아저씨가 의외라는 표정을 지었다.

"글씨? 하긴 예전에는 가게나 사무실을 새로 열면, 괘종시계나 거울을 선물했다고 하더라. 요즘 화분이나 화환을 주는 것처럼. 무슨 기념일에, 어떤 조직에서 줬는지 써서 말이야."

문득 떠오르는 게 있었다. 나는 벌떡 일어나 후다닥 밖으로 뛰어나갔다. 그리고 아까 에스컬레이터가 고장 나서 걸어 올라온 계단참으로 갔다. 앞치마를 두르고 누군가와 통화하던 상인 아저씨가 발자국 소리를 듣고 놀라는 표정을 지으며 황급히 계단을 올라갔다. 나는 올라올 때 보았던 거울 앞에 섰다. 뒤늦게 준혁 아저씨가 숨을 헐떡거리며 달려왔다.

"왜 갑자기 뛰어나간 거야?"

나는 손가락으로 거울을 가리켰다.

"사진이 흐릿하긴 하지만, 늑대 오빠가 보낸 사진 속 거울에 나온 문구랑 이 거울 아래쪽에 적힌 문구가 똑같아요."

준혁 아저씨가 휴대폰으로 사진을 들여다보고 다시 거울을 봤다.

"정말 글씨 색깔이랑 글씨 모양까지 똑같네."

준혁 아저씨가 어이없다는 듯 입을 딱 벌렸다가 중얼거렸다.

"그럼, 늑대 오빠가 이 근처에 있다는 얘기잖아?"

내 얘기를 들은 준혁 아저씨가 계단 아래쪽을 바라봤다. 그러다 실망스런 표정으로 말을 이었다.

"여긴 개봉역이야. 하루에 오가는 승객이 못해도 수천 명은 될 거야. 그들 중에 늑대 오빠를 찾는 건 불가능이야."

"아뇨. 지하철 승객들은 주로 저쪽에 있는 에스컬레이터나 엘리베이터를 타요. 쇼핑몰로 올라오는 사람들도 에스컬레이터를 타지 굳이 계단을 오르지는 않거든요. 그러니까…… 계단을 이용하는 사람은 여기서 일하는 사람일 가능성이 높아요. 역무원 아니면 쇼핑몰 상인이나 종업원이요."

내 설명을 들은 준혁 아저씨가 수긍한 듯 고개를 끄덕였다.

"하, 그래도 수십 명은 될 텐데."

"저한테 좋은 방법이 있어요."

내 얘기를 들은 준혁 아저씨가 물었다.

"뭔데?"

강 형사 아저씨가 도착한 건 한 시간이 지나서였다. 계단을 헐레벌떡 올라온 강 형사 아저씨가 우리 둘을 보자마자 속사포처럼 짜증을 쏟아냈다.

"야, 다짜고짜 오라고 하면 어떡해?"

강 형사 아저씨는 우리에게 레스트레이드 경감[3] 같은 존재였다. 우리는 공권력도 없고, 싸움도 못하기 때문에 종종 강 형사 아저씨의 도

3) 추리 소설인 '셜록 홈즈' 시리즈에 등장하는, 런던 경찰청 소속 경감.

움이 필요했다. 강력계 형사인 강 형사 아저씨는 배불뚝이로 체구가 크고 인상은 험악했지만, 눈치가 빨랐다. 우리를 보고 툴툴거리기는 해도 요청할 때마다 꽤 잘 도와주는 편이었다. 강 형사 아저씨를 오래 겪어 본 준혁 아저씨가 느긋하게 웃으며 대답했다.

"형사님, 제가 카톡으로 설명드렸잖아요. 범인을 잡으면 형사님한테 얼마나 도움이 되겠어요."

"그렇긴 하지. 요즘 그쪽으로 하도 이슈가 되어서 위에서도 관심이 많아."

"그러니까 저희랑 토끼몰이, 아니 범인몰이 한번 하시죠."

"어떻게? 승객이 아니라고 해도 여기 쇼핑몰에서 일하는 사람이 수십 명은 될 텐데?"

강 형사 아저씨의 물음에 준혁 아저씨가 나에게 눈짓을 했다. 자연스럽게 애초에 제안을 했던 내가 나섰다.

"형사 아저씨, 다 찾을 필요는 없고요. 이십 대 이상 남자들의 휴대폰만 확인하면 돼요."

"휴대폰을?"

"네."

짧게 대답한 나는 거울을 바라보면서 덧붙였다.

"늑대 오빠가 메타버스에서 미성년자한테 보낸 사진이 찍힌 장소가 여기잖아요. 휴대폰으로 찍었을 테니까 남아 있을 가능성이 높아요. 지웠다고 해도 휴지통을 확인해 보면 되고요."

"근데 수색 영장도 없는데?"

"일단 보여 달라고 해서 거부하거나 수상쩍은 기미를 보이면 그 사람이 용의자가 되겠죠?"

내 설명을 들은 강 형사 아저씨가 씩 웃었다.

"제 발 저린 도둑을 찾겠다, 이거지?"

"가상 공간이라고 해도 미성년자를 상대로 악질적인 범죄를 저지른 놈이에요."

"알아. 생각 같아서는 숨도 못 쉬게 때려 주고 싶은데 수갑만 채워야 하는 게 너무 아쉽네."

우리 셋은 머리를 맞대고 대략적인 동선과 계획을 짰다. 강 형사 아저씨가 쇼핑몰의 상인들과 종업원을 상대로 휴대폰을 보여 달라고 하고, 나와 준혁 아저씨는 조금 떨어진 곳에서 지켜보다가 수상한 행동을 보이거나 도망치는 놈을 잡기로 했다.

네다섯 명쯤 조사하는 동안, 먼발치서 지켜보던 준혁 아저씨가 얼굴을 찡그렸다.

"생각보다 시간이 오래 걸리는데?"

수색 영장 같은 걸 가져온 게 아니라서 한 명씩 말로 설득한 후 휴대폰을 확인해야 했기 때문이다. 그 때 한 가지 방법이 떠올랐다. 나는 서둘러 여동생에게 전화를 걸었다.

"오빠, 왜?"

"지금 아르테미스에 접속해 있니?"

"응, 늑대 오빠랑 방금까지 얘기했어."

"그럼 메시지로 지금 경찰이 가고 있다고 해."

"경찰?"

"어, 경찰한테 신고해서 잡으러 가고 있다고 말해."

"여기로 어떻게 경찰이 와?"

"자세한 건 묻지 말고. 늑대 오빠한테 개봉동 쇼핑몰에 있는 거 다 안다고 해. 그리고 바로 접속 끊고 계정도 없애 버려. 알았지?"

"알았어, 오빠."

옆에서 통화하는 걸 듣고 있던 준혁 아저씨가 말했다.

"제법인데?"

"저는 계단 쪽에 있을게요. 아저씨는 저기 개봉역이랑 연결되는 유리문 쪽에 가 계세요. 누가 서둘러 뛰어가면……."

"그 놈이 범인이지, 뭐."

준혁 아저씨가 개봉역과 연결된 유리문 쪽으로 걸어가는 걸 보면서 계단 쪽에 섰다. 잠시 후, 아까 있었던 햄버거 가게에서 누군가 나왔다. 낯이 익어서 보니까 카운터에서 휴대폰에 정신이 팔려 있던 남자 직원이었다. 밖으로 나온 그 사람은 허둥지둥 주변을 두리번거리다가 준혁 아저씨가 있는 유리문 쪽으로 뛰었다. 나는 서둘러 뒤따라가면서 소리쳤다.

"준혁 아저씨, 그쪽이요!"

유리문 앞에 서서 두리번거리던 준혁 아저씨가 내가 외치는 소리를 듣고는 마치 축구 골대를 지키는 골키퍼처럼 두 팔을 벌리고 막아섰다. 뛰어가던 남자 직원이 준혁 아저씨에게 부딪치면서 둘은 뒤엉키고 말았다. 뒤쫓아 간 나는 남자 직원이 준혁 아저씨한테 돌진하다 떨어뜨린 휴대폰을 발견하고는 냉큼 집어 들었다. 바로 직전까지 휴대폰을 들여다보고 있었는지 잠금장치도 걸려 있지 않았다. 서둘러 사진첩을 확인했다. 예상대로 내 여동생에게 보낸 사진들이 나왔다. 휴대폰 사진을 살펴보는 동안, 강 형사 아저씨가 소란스런 소리를 듣고 달려왔다.

"이 자식, 내 휴대폰 돌려주지 못해?"

육중한 준혁 아저씨에게 깔린 남자 직원이 휴대폰을 내놓으라고 소리쳤다. 어림없는 소리! 나는 아르테미스 앱까지 찾아냈다. 앱을 클릭하자 드디어 그 사람이 가지고 있는 아바타가 보였다.

"만나서 반가워요, 늑대 오빠!"

나는 남자 직원에게 말하면서 강 형사 아저씨에게 휴대폰을 건넸다. 남자 직원은 늑대처럼 날뛰다가 강 형사 아저씨에게 끌려갔다.

며칠 후, 나와 준혁 아저씨는 강 형사 아저씨가 근무하는 경찰서 주차장 벤치에 앉아 있었다. 자판기에서 콜라를 뽑아 마시는데, 강 형사 아저씨가 뒷문으로 나오는 게 보였다. 누런 서류 봉투를 옆구리에 끼고 있었다.

"아이고, 내 보물들이 왔구먼."

"아, 보물 취급이 너무 시원찮은 거 아닙니까?"

준혁 아저씨의 말에 강 형사 아저씨가 눈이 보이지 않을 정도로 크게 웃었다.

"그래서 내가 모범 시민으로 추천했지. 지난번에는 불발됐지만 이번에는 기대하라고 과장이 언질을 줬어."

"늑대 오빠는요?"

"햄버거 가게 직원 말이지? 처음에는 불법 수사니 뭐니 버티다가 휴대폰 포렌식 결과가 나오고, 압수한 컴퓨터에서 증거들이 쏟아져 나오니까 백기를 들었어. 그 와중에 어디서 본 건 있어 가지고 재판 거래를 하고 싶다고 하더라니까."

어이가 없다는 표정으로 낄낄거리던 강 형사 아저씨가 덧붙였다.

"아 참, 지애 학생 깨어났대. 상태가 괜찮으면, 오늘이나 내일쯤 서울로 올라올 거야."

"다행이네요."

내가 안도의 숨을 쉬며 말했다.

"허참, 눈에 보이는 세상만 험악한 줄 알았지 또 다른 세상까지 그 모양일 줄은 몰랐네. 초등학생부터 고등학생까지 사이버 세상에서도 피해자가 한 둘이 아니야."

"근데 형사님, 지애는 왜 가출했답니까?"

준혁 아저씨의 물음에 강 형사 아저씨가 씁쓸한 표정을 지었다.

"범인이 지애 학생을 협박해서 받은 사진으로 어느 학교 다니는 누군지 알아냈나 봐. 그후 음란한 사진을 요구하면서 시키는 대로 안 하면 학교로 찾아간다고 협박하니까 겁에 질려서 가출한 거래."

"그래서 멀리 부산까지 간 거군요?"

"맞아. 얼마나 무서웠겠어. 깨어나서도 가장 먼저 그 걱정이었대. 늑대 오빠가 잡혔다고 하니까 정말 좋아했다고 하더라고. 그리고 준혁 씨한테 고맙다고 했어. 상태 너한테도."

감사 인사를 전해 들으니, 사건을 해결하고 돈을 벌었다는 것 말고도 누군가를 도와줬다는 기쁨이 제법 크게 마음을 울렸다.

강 형사 아저씨는 전화를 받더니 일이 생겼다면서 경찰서로 들어갔다. 그 뒷모습을 보면서 준혁 아저씨가 내 어깨에 손을 올렸다.

"그나저나 그 가게 햄버거는 정말 맛있었는데 말이야. 지금 거기에 가는 건 별로지?"

이 와중에 여전히 먹는 것 타령이라는 생각이 들었지만, 동의한다는 듯 아쉬운 표정을 담아 웃어 주었다.

"상태야, 그럼 햄버거 말고 어디 가서 순댓국이나 먹어 볼까?"

"그럴까요?"

준혁 아저씨와 나는 벤치에서 일어나 나란히 걸었다.

친절을 믿지 마세요!

임지형

아저씨는 정말 좋은 아빠의 표본이었어요. 전 아저씨를 통해 여태껏 한 번도 받아 본 적이 없던 아빠의 사랑을 처음으로 느꼈어요. 아저씨와 함께 있는 시간이 불편하지 않았고, 오히려 너무 좋았어요!

털어놓고 싶어요!
2023. 6. 25 20:07
조회 257 | 추천 3 | 댓글 8

안녕하세요!

눈팅만 하다가 여기 게시판에 처음으로 글을 써 봐요.

이런 이야기 올려도 될지 모르겠지만 읽어 주시면 감사하겠습니다.

긴 글 주의보!

먼저 제 이야기를 좀 할게요. 누군가 제게 지난 1년간 가장 행복한 기억이 뭐냐고 물어본다면, 저는 주저하지 않고 대답할 거예요. '엄마와 아빠가 이혼한 것'이라고요. 네, 저희 부모님은 이혼하셨어요. 그래서 엄마랑 둘이서 살고 있어요.

보통 아이들은 부모님이 이혼하는 과정에서 상처를 받고 힘들어하잖아요? 하지만 저는 그 반대였어요. 하루라도 빨리 두 사람이 이혼하길 바랐어요. 왜냐하면 엄마와 저는 오랫동안 제 생물학적 아버지의 폭력에 시달렸거든요.

사실 엄마는 제가 성인이 될 때까지 참고 살려고 했어요. 그러다 그 사람의 폭력이 저에게까지 향하자 더는 견디지 못하게 되었죠. 그 사람이 일하러 나간 어느 날, 엄마가 예고도 없이 학교로 저를 데리러 왔어요. 그 길로 엄마와 전 집을 떠나 가정 폭력 보호 시설에서 제공하는 숙소로 들어갔어요.

처음에는 그곳 생활이 좋았어요. 낯선 곳이지만, 누군가의 폭력을 두려워하지 않고 편히 잠들 수 있다는 것만으로도 진짜 행복했어요. 하지만 그 행복도 오래 가지 못했어요. 그 사람이 불쑥 찾아오는 바람에 너무나 쉽고 끔찍하게 행복이 깨져 버렸죠. 보호 시설에 들어가고 몇 주 지나지 않아 아버지라는 사람이 경찰을 대동하고 찾아와서 난리 법석을 피웠거든요.

그 후로 법적으로 부모님의 이혼이 성립되기까지 엄마와 저는 가정 폭력 보호 시설부터 시작해서 온갖 곳을 떠돌아 다녔어요. 혹시라도 아버지라는 사람이 찾아올까 봐 늘 두려움에 떨면서요. 비로소 안심할 수 있었던 때는 부모님의 이혼이 정식으로 성립되고 나서였어요.

K를 만난 건 바로 그때였어요. 더 이상 아버지의 폭력을 피해 쫓겨 다니지 않고, 비로소 학생답게 안심하며 살 수 있을 때요. 학교에 가면서 두리번거리지 않아도 되고, 어디에 있어도 불안하지 않을 그때 말이에요.

K와의 인연은 처음부터 참 신기했어요. 같은 날, 우리 둘이 한 반으

로 전학을 왔으니까요. 지금껏 전학을 많이 다녀 봤지만 한 번도 이런 일은 없었어요. 다른 아이들한테도 거의 들어 본 적이 없고요. 그러니까 이건 한마디로 로또 복권에 당첨된 것만큼이나 희귀하고 특별한 일처럼 느껴졌어요.

이쯤에서 K 이야기를 해 볼게요. K는 딱 대한민국 여고딩의 표준이라고 할 수 있는 애예요. 외모, 친구 관계, 학교생활 등을 따져 봤을 때 그다지 모나거나 도드라지는 것 없이 무난한 아이. 보통의 아이들과 다른 점이 있다면, 단 한 가지 부모님이 이혼을 했다는 거예요. 그것도 또 따지고 보면, 요즘 부모님이 이혼한 아이들이 생각보다 많으니 특별한 축에 끼지도 않지만요.

그런데 같은 날, 같은 반으로 전학 온 두 아이의 부모님이 모두 이혼했을 확률은 몇 프로일까요? 모르긴 모르되 꽤 낮지 않을까요? 그 덕에 우리 둘은 마치 운명처럼 서로를 좋아하게 됐어요. 빛의 속도로 친해지는 건 당연한 수순이었고요.

우리는 처음 만났는데도 이미 몇 년을 사귄 친구처럼 자연스럽게 이야기를 나누었어요. 서로 비슷한 처지라는 게 그렇게 만들었을지도 모르겠어요. 전학 온 첫날부터 우리는 단짝처럼 붙어 다니기 시작했어요. 꼭 샴쌍둥이처럼 어딜 가도 함께 가고, 뭘 해도 함께 하는 그런 사이가 되었죠. 엄마와 쫓겨 다니느라 친구 하나 없이 살던 저한테 K는 특별한 친구였어요. 여태 집과 학교에서 행복을 누리지 못한 날 위해 신이 보내 준 선물과 같다고나 할까요?

고등학생이었지만 K와 저는 방과 후에 학원을 다니지 않았어요. 얼핏 보면 학원을 안 가는 모양새는 같았어요. 하지만 이유는 차이가 났죠. 저는 경제 사정이 좋지 않아 못 다녔고, K는 부모님이 이혼한 후 잠시 학원을 쉬는 거였어요.

그걸 보면서 부모님의 이혼에도 등급이 있다는 생각을 했어요. 저희 부모님이 브론즈 등급이면, K의 부모님은 골드 아니 플래티넘 등급쯤 이랄까요? 우리 둘 다 한 부모 가정이었지만, 가정 형편은 극과 극이었어요. K는 아빠가 대기업 임원이라 좋은 집에서 풍족하게 지냈고, 저는 그렇지 못했어요.

저희 엄마는 새벽엔 건물 계단 청소를 하고, 낮부터 밤까지는 식당에서 일했어요. 집에서 자는 시간 외에 엄마는 늘 나가서 일을 했어요. 겨우 한 달에 두 번 정도 집에서 쉬었어요. 그마저도 누군가 대타로 일을 해 달라고 부탁하면 나가기도 했고요. 한마디로 먹고살기 위해 몸이 부서져라 일만 했죠.

엄마가 죽어라 일을 해도 우리 집 형편은 좀처럼 나아지지 않았어요. 월세를 내고 생활비를 쓰면 늘 바닥이었어요. 그런 형편을 뻔히 알면서 학원에 다니겠다는 말을 못 하겠더라고요. 그동안 이리저리 학교를 옮겨 다니느라 성적이 형편없이 떨어져서 공부를 반쯤 포기한 까닭도 있고요.

각자의 이유로 학원에 다니지 않는 K와 저는 다른 애들과 달리 방과 후에 시간이 남아돌았어요. 그래서 학교가 끝나면 서로의 집에 가서 시간을 보냈어요. 한 번은 우리 집, 한 번은 K네 집, 이런 식으로요.

우리 집은 투룸형 빌라의 지하층이에요. 투룸이라고 해 봤자, 미닫이문으로 공간을 둘로 나눈, 방과 거실이 다였어요. 거실엔 싱크대가 있어서 부엌을 겸하고, 미닫이문 안쪽 제 방이라고 해놓은 곳엔 작은 책상이 하나 있을 뿐이었어요. 엄마는 거실 겸 부엌인 곳을 썼는데, 늘 나가서 일을 하니 생활하는 데 딱히 불편한 건 없었어요.

어두침침하고 큼큼한 우리 집에 들어갈 때마다 전 K한테 부끄러웠어요. 하지만 K는 그런 우리 집 사정을 무시하거나 상관하지 않았어요. 그런 걸 보면, K가 얼마나 착한 아이였는지 다시 깨닫게 되네요.

어느 날부턴가 우린 주로 K네 집으로 가게 되었어요. K네 집은 평수가 꽤 되는, 넓은 아파트였어요. 거실이 어찌나 큰지 우리 집과는 비교되지 않았어요. 화장실도 우리 집보다 훨씬 밝고 깨끗했죠. K네 집에 갈 때마다 전 기분이 아주 복잡 미묘했어요. 마치 제 신분이 바뀐 것처럼 기분이 좋다가도, 한편으로는 한없이 초라해져서 다시는 가고 싶지 않은…….

그런데도 수업이 끝나면, 우리는 당연한 코스처럼 K네 집으로 갔어요. 가서 인강을 들으며 공부하고, 유튜브를 보면서 낄낄댔어요. 때때로 K가 좋아하는 네일 아트 유튜브를 켜 놓고 서로 손톱을 손질해 주기도 했고요. 그러다 보면 금방 저녁이 되었고, 가끔 저녁밥까지 K네 집에서 먹기도 했어요.

K의 아빠를 만난 건, 그렇게 지내던 어느 날이었어요.

그날 우리는 인강도, 유튜브도 지겨워 넷플릭스에서 영화를 한 편 골라 보았어요. 초반엔 그럭저럭 재미있게 봤던 것 같아요. 그런데 어찌된 영문인지, K와 저, 둘 다 영화를 보다가 깜빡 잠들어 버렸어요. K의 아빠가 퇴근해서 집에 들어오는 소리를 듣고서야 번쩍 잠에서 깼죠. K의 아빠는 친구들과 어울려 술을 한잔하고 들어오는 길이라고 했어요.

"네가 우리 K의 절친 비비구나?"

K의 아빠가 약간 붉어진 얼굴로 환하게 웃으며 말했어요. 사십 대인데도 흰머리가 눈에 띌 정도로 많았어요. 그렇지만 인상은 참 좋았어요. 뭐랄까? 보기만 해도 편안해지는 온순한 얼굴이랄까? 그런 K의 아빠가 이혼을 했다는 게 믿기지 않았지만, 어른들 사정이야 제가 알 수 없으니까요.

아무튼 처음 만난 K의 아빠가 정말 마음에 들었어요. 다정하고 친절하고 무엇보다 듬직해 보였어요. 늘 술에 찌들어서 고함지르고, 툭하면 엄마나 때리는 아빠만 봤던 제 눈에 K의 아빠는 다른 세상 속 사람 같았어요.

"안녕하세요, 아저씨! 죄송해요! 제가 오늘 너무 늦었네요."

저는 허둥지둥 일어나 K의 아빠한테 인사부터 했어요. 그리고 바로 가방을 챙겨 들고 K한테도 인사를 했죠.

"K야, 나 갈게. 내일 봐."

K를 향해 손을 흔들며 막 나가려는데, 아저씨(편의상 K의 아빠를 아저씨라고 부를게요.)가 저를 붙잡았어요.

"벌써 가려고? 조금 더 있다 가도 되는데? 어이쿠, 아니구나. 시간이 벌써 이렇게 됐네. 그럼 갈 때 택시 타라. 요즘 밤길이 위험하니까."

그러곤 지갑을 꺼내더니 5만 원권 한 장을 내밀었어요. 순간 제 눈앞에 있는 지폐를 보고 깜짝 놀랐어요. 처음 보는 아이한테 이렇게 큰돈을 내미는 경우를 본 적이 없었으니까요. 저는 당황했어요. 어떻게 해야 할지 모르겠더라고요. 난처해하고 있는 저를 본 K가 끼어들었어요.

"아빠, 뭐예요? 한 장만 주면 정 없다고 그러시더니, 좀 더 주세요."

이렇게 말하면서 K는 저를 보며 한쪽 눈을 찡긋했어요.

"이야, 역시! 우리 딸 말이 맞네. 우리 K한테 더없는 친구인데 내가 실수를 했네."

아저씨는 그러더니 지갑에서 5만 원권 지폐 세 장을 더 꺼내어 내미는 거예요.

"아니, 이, 이건 너무 많아요!"

저는 놀란 나머지 손사래를 쳤어요. 아무리 친한 친구의 아빠라고 해도 이건 아니거든요. 사실 이 정도면 제 몇 달치 용돈이에요. 그렇게 큰 금액을 덥석 받는 건 너무 염치가 없었어요.

"님, 무슨 소리? 기회는 왔을 때 잡아야 하는 법!"

K는 다시 한 번 눈을 찡긋하며 받으라고 신호를 보냈어요. 아저씨는 받지 않겠다는 제 손에 돈을 억지로 쥐여 주었고요. 갑자기 생긴 일이라 참으로 난처했어요. 하지만 속으론 나쁘지 않았어요. 아니, 솔직히 좋았어요. 이 돈이면 곧 다가오는 엄마 생일에 선물을 살 수 있으니까

요. 저는 마지못해 돈을 받아들고 고개를 숙였어요.

"감사합니다!"

"그래. 자주 놀러와라. K야, 아빠는 방으로 들어갈 테니까 엘리베이터 앞까지 친구 바래다주고 와."

아저씨가 그렇게 인사를 하고 방으로 몸을 돌렸어요. 저는 다시 한 번 허리를 푹 숙여 인사를 했어요. 그리고 고개를 들어 막 방으로 들어가는 아저씨의 뒷모습을 봤어요. 희한하게도 아저씨의 널찍한 등이 굉장히 허전하고 쓸쓸해 보였어요. 마치 군중 속에 홀로 남겨진 고독한 사람의 모습이라고 해야 할까요? 그런데 그 뒷모습이 또 어딘가 익숙한 거예요. '어디서 봤을까?' 생각해 봤더니 퍼뜩 떠오르는 얼굴이 있었어요. 바로 우리 엄마였어요. 제 앞에선 결코 힘든 내색을 안 하는 엄마가 등 돌리고 있을 때마다 보이는, 안쓰럽고 쓸쓸한 모습.

그러니까 K와 처음 만나면서 느꼈던 미묘한 친밀감? 그런 게 아저씨에게서도 느껴졌어요. 친밀해진다는 건 그런 것 같아요. 자기하고 비슷한 모습이나 결핍을 상대방한테 발견했을 때 생기는 감정. 그땐 스스로 어떻게 할 새도 없이 무장 해제가 되어 상대방이 마음으로 쑥 들어와 버리는 거죠.

그 이후 저는 더 자주 K네 집에 드나들게 되었어요. 거의 매일 특별한 일이 없으면 K네 집으로 간 것 같아요. 더불어 아저씨와 함께 보내는 시간도 늘어났어요. 아저씨는 전보다 일찍 퇴근하는 날이 많았어요.

그러면 셋이 함께 저녁을 만들어 먹거나 외식을 나갔어요. 가끔 주말엔 놀이공원이나 영화관에도 갔고요.

그러다 보니 첫날 허둥대며 인사했을 때와 달리, 아저씨와 엄청 가까워졌어요. 누가 봐도 K뿐 아니라 저도 딸처럼 보일 정도로요.

어느 날이었어요. 그날은 K가 퇴근해 온 아저씨를 보자마자 갈비가 먹고 싶다고 했어요. 아저씨는 망설이지도 않고 바로 우릴 데리고 식당에 갔어요. 식당에서는 모든 걸 아저씨가 다 챙겨 주었어요. 뜨거운 숯불에 고기를 구워 먹기 좋게 잘라서 그릇에 놓아 주고, 냉면이 나오자 가위로 면을 자른 다음 겨자랑 식초도 적당히 뿌려 주고……. K랑 저는 먹기만 하면 되었어요.

"와, 아빠가 정말 다정하시네요. 두 따님을 이렇게 살뜰히 챙기시고."

서빙을 하던 아주머니도 아저씨한테 감탄을 하더라고요. 사실 보통 아빠들도 그러지 않는데, 아저씬 우릴 정말 세심하게 잘 챙겼어요. 게다가 전 딸이 아닌데도 K와 눈곱만큼도 차별하지 않았어요. 그러니 아주머니가 저까지 딸로 본 거죠.

영화관에서도 마찬가지였어요. 아저씨는 나와 K의 사이에 앉아서 팝콘 통을 우리가 집어 먹기 편하게 들고 있었어요. 가끔 오징어버터구이를 먹을 땐, 우리 손에 버터가 묻을까 봐 아예 입에다 하나씩 넣어 주었어요. 음료수를 먹다 흘리면 닦아 주고, 쓰레기가 나오면 모아서 갖다 버리고…….

지금 생각해도 아저씨는 정말 좋은 아빠의 표본이었어요. 전 아저씨를 통해 여태껏 한 번도 받아 본 적이 없던 아빠의 사랑을 처음으로 느꼈어요. 아저씨와 함께 있는 시간이 불편하지 않았고, 오히려 너무 좋았어요!

아, 우리 엄마요? 엄마는 그런 내게 특별히 뭐라 하진 않았어요. 오히려 아저씨나 K에게 고마워했어요. 엄마가 해 주지 못한 일들을 두 사람이 채워 주니 감사할 따름이라고 했죠. 무엇보다 제 얼굴이 환해진 것 같다며 안심을 했어요.

하지만 그런 아저씨도 힘들어 할 때가 있었어요. 바로 K가 엄마 집에 가느라 일주일간 집을 비울 때요. 하루는 늦은 밤에 모르는 번호로 문자가 왔어요.

비비야, 나 K 아빠야. 자니?

아, 안녕하세요, 아저씨! 아직요.

밤늦게 미안하구나.

괜찮아요. 그런데 무슨 일로…

퇴근하고 왔는데
K가 없으니 쓸쓸하기도 하고.

텅 빈집에 혼자 들어가는 거 좀 그렇지요?
힘내세요, 아저씨.

ㅎㅎ 고맙다.
역시 나 생각해 주는 사람은 비비뿐이구나.
혹시 K가 없더라도 괜찮으니까
집에 놀러오고 싶으면 와도 돼.

아… 그건 좀.

그래, 그렇겠지?
신경 쓰지 마.
내가 괜한 소리 했네.
밤늦게 미안하다. 자라.

문자를 끝내고 나니 기분이 좀 이상했어요. 친구가 아닌 친구 아빠와 문자를 주고받는 일이 얼마나 될까요? 지난날까지 거슬러 올라가 생각하고 생각해 봐도 흔한 일은 아닌 것 같았어요. 특히 아빠라는 사람을 떠올려 보면 턱도 없는 일이었어요. 제 친구가 누군지도 몰랐던 사람이니 이런 일은 상상도 못 하죠. 그렇다면 다른 친구들은 어떨까요? 물어보고 싶은 마음은 굴뚝 같았지만, K 말고는 마음을 터놓고 지내는 친구가 없으니 포기했어요.

불현듯 처음 만난 날 보았던 아저씨의 뒷모습이 떠올랐어요. 널찍하고 든든해 보였지만, 텅 빈 운동장처럼 한없이 쓸쓸해 보이던 그 뒷모습이요. 그 생각을 하니 마음 한편이 아릿했어요. 어쩐지 미안한 마음도 들었고요. 괜스레 아저씨를 실망시키고 싶지 않았어요. 그래서 저도 모르게 아저씨한테 문자를 보냈어요.

아저씨, 혹시 괜찮으시면 내일 놀러갈까요?
K가 없으니 늦게까지는 못 있고요.

그래, 내일은 일찍 퇴근하는 날이니
좋을 것 같구나. 고맙다!
사실 집에 누가 있기만 해도
좋겠다는 생각이 들어서 말을 해 봤는데….
진짜 온다고 하니까 좋구나.
현관 비밀번호는 문자로 남겨 놓을게.

그 이후로 저는 K가 엄마 집에 가서 없는 날에도 종종 K네 집에 놀러갔어요. 그런 날마다 아저씨는 일찍 퇴근해서 장 봐 온 재료로 저녁을 차려 주었어요. 장을 못 본 날엔 배달 음식을 시켜 주었고요. 저녁을 먹고 나서는 넷플릭스로 영화나 드라마를 보거나 학교생활에 대해 이야기를 나눴어요. 아저씨는 늘 편하게 제 이야기를 들어 줬어요. 조잘조잘 이야기를 다 털어놓고 나면 속이 참 후련했죠!

그래서인지 갈수록 아저씨가 편해졌어요. '아저씨가 진짜 우리 아빠면 얼마나 좋을까?' 생각이 들 정도로요. 하지만 K한테는 아저씨와의 일을 말하지 않았어요. 아무리 친해도 왠지 말하면 안 될 것 같았거든요.

그러던 어느 일요일이었어요. 엄마는 아침에 걸려 온 전화를 받고 식당 일 대타를 하러 나갔어요. 갑자기 기온이 떨어져서 쌀쌀한 날씨였어요. 춥기도 하고 귀찮기도 해서 집에서 뒹굴거리다가 스르르 잠이 들었어요. 잠깐 눈을 붙였다고 생각했는데, 자고 일어나 보니 어느새 어두

컴컴한 저녁 시간이더라고요. 잠으로 온 하루를 다 보낸 거예요. 그러고 나니 막상 밤엔 잠이 안 오지 뭐예요.

이리 뒤척, 저리 뒤척 한참을 뒤척거렸어요. 하지만 오지 않는 잠 때문에 가슴만 답답했어요. 그래서 핸드폰으로 인스타와 유튜브를 번갈아 가며 들여다봤어요. 시간 가는 줄 모르고 빠져 있다가 새벽녘에 깜빡 잠이 들었어요.

"으아아아!"

아침에 눈뜨자마자 비명부터 질렀어요. 세상에! 벌써 9시를 지나고 있더라고요. 엄마가 늘 새벽에 일을 나가서 핸드폰 알람을 켜 놓고 자는데 왜 안 울렸는지 모르겠어요. 이불에 깔려 있는 핸드폰을 봤어요. 아뿔싸! 밤새 동영상을 보느라 배터리가 다 돼서 꺼져 있었어요.

세수할 짬도 없었어요. 일단 후다닥 교복만 꿰입고 허겁지겁 학교로 향했어요. 그러니 몰골이 어땠겠어요? 머리는 떡지고, 다크서클은 광대뼈까지 내려와 볼 만했죠. 선생님께 혼나는 건 당연했고요. 참으로 하루가 길게 느껴졌어요.

이런 저를 지켜보는 K는 신났어요. 뭐가 그리 재미있는지, 학교에서 놀리는 것도 모자라 집에서도 놀리는 거예요. 일찍 들어온 아저씨도 있는데 저녁 먹을 때까지 멈추지 않았어요.

"푸하핫! 아빠, 오늘 비비 얼마나 웃겼는지 알아요? 진짜 세상 잃은 표정으로 2교시 시작할 때 교실로 뛰어 들어왔다니까요. 아, 내가 그 모습을 폰으로 찍어 놨어야 했는데……."

"야아, 좀……. 하필 폰이 방전돼서 알람이 안 울려서 그랬단 말이야. 그만 놀려!"

창피한 내가 계속 변명을 했지만, K의 놀림은 멈추지 않았어요.

"그래도 비비 대단한데? 나 같으면 아프다고 거짓말 치고 학교에 안 갔을 것 같은데. 너무 성실한 거 아냐?"

K의 놀림에도 불구하고 아저씨는 나를 편들어 줬어요. 그러니까 좀 든든하더라고요. 그러자 이번엔 K가 찡긋 웃으며 이러는 거예요.

"그러니까 말야. 나는 비비의 그런 점이 좋더라."

참나, 지금껏 놀릴 땐 언제고……. 아무튼 늦잠으로 한바탕 해프닝이 벌어졌지만, 이렇게 잘 넘어갔어요. 나중에 이 일로 생각지도 못한 일이 생겼지만요.

며칠 후, 제 생일이었어요.

"생일 축하한다, 비비야! 이건 아저씨가 주는 선물."

퇴근한 아저씨가 불쑥 선물을 내밀더라고요. 깜짝 놀랐어요.

"어머! 이게 뭐예요?"

전혀 생각지 못한 거라 어리둥절한 채 선물 상자를 살폈어요.

"풀어 봐."

아저씨 말에 포장지를 뜯고 상자를 열었어요. 거기엔 복고풍 탁상시계가 들어 있었어요.

"우아, 시계에 블루투스 스피커 기능도 있네요?"

"응. 여기 이렇게 설정하면 시끄러운 알람 소리 대신 네가 좋아하는 음악을 틀어 줄 거야. 그럼 기분 좋게 일어날 수 있겠지?"

아저씨가 다정한 목소리로 탁상시계의 기능을 설명해 주었어요. 아마도 지난번 지각 사건을 그냥 흘려듣지 않았던 모양이에요. 아저씨가 참 세심하고 다정하다는 생각이 또 한 번 들었어요. '어쩜 이런 아빠가 다 있을까?' 감탄이 나왔어요. 그런 아빠를 둔 K가 새삼 부럽기도 했고요. 네, 그때까진 그랬어요.

혹시 여러분은 그런 기분 느껴 본 적이 있나요? 분명 주위에 아무도 없는데, 자꾸만 누군가 지켜보고 있는 듯한 기분이요. 어느 날부턴가 자꾸 그런 느낌이 들었어요. 특히 밤에 혼자 있을 때 더욱 그랬어요. 기분이 묘하게 찝찝한데, 둘러보면 아무도 없고……. 하도 꺼림칙해서 K에게 조심스럽게 털어놓았어요.

"K야, 나 요새 좀 으스스해."

"왜? 무슨 일 있어?"

"아니, 무슨 일이 있는 건 아닌데……. 방에 혼자 있잖아? 그러면 누가 보고 있는 것 같아."

K가 눈을 반짝거리며 표정이 바뀌는 거예요.

"누가 그러는데 말이야, 그거 귀신이 보고 있는 거래."

"말도 안 돼! 귀신이 어딨어?"

난데없는 K의 말에 소름이 쫙 돋았어요. 전 고개를 내저으며 K의 말을 믿으려 하지 않았어요.

"비비, 내 말 잘 들어봐. 예전에 알았던 언니 이야기인데 말이야. 그 언니가 욕실에서 머리를 감을 때마다 이상하게 누군가 지켜보고 있는 것 같은 느낌을 받았대."

"정말? 그래서?"

"그냥 좀 찜찜하니까 그 고민을 인터넷에 올렸나 봐. 그러자 사람들이 마구 댓글을 달았는데, 그 중에 어떤 사람이 이런 말을 해 주었대. '그거 귀신이 천장에 거꾸로 매달려서 머리카락을 세는 거예요.'라고."

"으아아!"

저도 모르게 소리를 질렀어요. 그러자 K는 더욱 장난기 가득한 표정으로 이렇게 물었어요.

"비비, 혹시 너희 집에도 귀신 있는 거 아니야?"

"야아, 무섭게 왜 그래? 나 저녁에 어떻게 씻으라고?"

"캬하하! 농담이야, 농담!"

K는 저를 놀리는 게 재미있는지 큰 소리로 웃었어요. 정말 어이없더라고요. 물론 집에 귀신이 있을지도 모른다는 K의 장난을 곧이곧대로 믿지는 않았어요. 다만 누군가 지켜보는 것 같은 기분 나쁜 느낌이 빨리 사라지길 바랐죠.

이후로 저는 으스스한 우리 집 대신 K네 집에서 더 늦게까지 놀다가 집에 왔어요. 그건 K가 엄마 집에 일주일 동안 가 있을 때에도 그랬어요. 그러다가 너무 늦어진 어느 날, 아저씨가 차로 데려다 주었어요.

"아저씨, 죄송해요! 제가 너무 늦게까지 있어서 괜히 번거롭게 해 드리네요?"

"아니야, 괜찮아. K가 없어서 지루했을 텐데……."

"아니에요. 아저씨하고 이야기하는 거 재미있고 좋아요. 요즘 왠지 집에 혼자 있기도 싫고요."

그즈음은 정말이지 K네 집이 우리 집보다 더 편안했어요. 그러자 아저씨가 운전을 하면서 부드러운 미소를 띤 채 말했어요.

"여자만 둘이 사니까 불편한 게 많지? 습해서 벽에 곰팡이가 피어도 해결하기 힘들고."

처음엔 아저씨의 말이 이상한 줄 몰랐어요. 어차피 엄마와 단둘이 사는 건 아저씨도 알고 있으니까요. 하지만 곰팡이 이야기를 듣는 순간 기분이 싸했어요. 온몸의 솜털이 오소소 일어났어요. 아무한테도 말하지 않은 비밀을 들킨 기분이랄까? 머릿속으로 곰곰 생각해 봤어요.

지난여름 장마 때 제 방에 빗물이 스며들어서 벽지가 얼룩덜룩해진 곳이 있어요. 거기에 검은 곰팡이가 생겨서 몇 번이나 곰팡이 제거제를 뿌렸어요. 하지만 이 이야기는 창피해서 아무한테도 한 적이 없어요. 분명 K한테도 말 안 했거든요. 그리고 아무리 아저씨하고 친해도 이런 것까지는 말하지 않았는데, 도대체 아저씨는 어떻게 알았을까요?

"여자는 습한 곳에서 지내면 건강에 좋지 않은데……."

아저씨가 혼잣말하듯 작게 이야기했어요. 머릿속에서 여러 생각이 마구 엉켜서 아저씨 말에 대답할 말이 떠오르지 않았어요. '평소에 엄마한테 듣던 말이에요.'라고 해야 할까? 아니면 '남자가 어떻게 이런 걸 다 아세요?'라고 할까? 생각에 빠진 사이 제 얼굴이 딱딱하게 굳었나 봐요. 아저씨가 제 눈치를 살피더니 말했어요.

"이런, 미안해! 내가 너무 이상한 이야기를 했구나? 그냥 비비 네가 걱정이 돼서……."

"아, 네, 그러니까요. 걱정해 주셔서 감사합니다!"

그날 밤, 저는 잠을 이룰 수가 없었어요. 확신할 수는 없지만 정말 누군가 지켜보고 있는 것 같았어요. 스산한 느낌에 방 안을 쓱 둘러보는데, 그날따라 아저씨가 선물해 준 탁상시계의 빨간 숫자 불빛이 유독 눈에 거슬리더라고요. 그래서 탁상시계를 구석으로 옮겼어요. K하고 같이 뽑은 인형과 아저씨한테 선물 받은 피규어도 함께요. 벽에 핀 곰팡이 얼룩도 무섭게 보여서 A4 용지 몇 장을 붙여서 가려 버렸어요.

슬금슬금 '의심'이란 단어가 머릿속에 맴돌 때가 바로 그때부터였나 봐요. 그 이전엔 전혀 의심하지 않았던 아저씨의 말이 자꾸 걸렸어요. 마치 촘촘하게 쳐진 거미줄에 곤충들이 걸려드는 것처럼 말이에요.

하루는 아저씨가 이런 말을 한 적도 있었어요. 마침 K가 잠깐 마트에 다녀온다며 나갔을 때였어요. 제가 앉아 있는 소파로 아저씨가 다가왔어요.

"비비, 요새 무슨 스트레스 받는 일 있니?"

"네?"

무슨 말인가 싶어 눈을 동그랗게 떴어요. 그러자 아저씨가 바로 표정을 바꾸며 말했어요.

"아! K가 그러더라고 요즘 네 표정이 좋지 않다고 말이야."

"정말요? 그런 거 없는데……."

저는 고개를 갸웃거리며 볼을 부풀렸어요. 이건 뭔가 곰곰이 생각할 때 나오는 제 습관이에요.

"비비야, 사람이 그래. 스트레스를 받으면 평소에 아무렇지 않았던 것도 거슬려. 그래서 물건을 막 옮기거나 이상한 데 처박아 두기도 해. 뭔지 모르겠지만 고민이 있으면 아저씨한테 언제든지 말해. 다 들어줄 테니까. 알았지?"

걱정스러운 듯 말하던 아저씨가 제 옆으로 다가와 살며시 어깨를 감싸며 토닥여 주었어요. 평소라면 이 모든 게 참 고마웠을 거예요. 하지만 그날은 아저씨의 걱정이 왠지 축축하고 끈적끈적하게 느껴졌어요. 마음 같아선 제 어깨에 걸쳐진 아저씨의 팔을 치우고 싶었는데 그러진 못했어요. 대신 제 몸이 딱딱하게 굳었어요. 그걸 아저씨가 눈치챈 걸까요? 갑자기 벌떡 일어나더라고요.

"비비야, 잠깐만 기다려 봐."

아저씨가 방으로 가더니 포장된 물건 하나를 가지고 나와서 불쑥 내미는 거예요.

"선물이야. 그림인데, 소품이니까 집에 걸어 둬."

"이…… 이걸 왜?"

사실 조금 부담스러웠어요. 저는 여태 한 번도 선물한 적이 없는데, 자꾸 받기만 하니 불편하다고나 할까요?

“괜찮아. 우리 것 사면서 비비 네 생각이 나서 산 거니까.”

아저씨가 씽긋 웃으며 식탁이 있는 벽을 가리켰어요. 내내 보지 못했던 작은 그림 액자가 걸려 있었어요. 저는 고개를 끄덕거렸어요. 그간 잊고 지냈던 아저씨에 대한 고마움이 스멀스멀 떠오르더라고요. 사실 지금까지 아무도 저한테 이렇게 잘해 준 적이 없었거든요.

“곰팡이 핀 곳에 걸어 두면 곰팡이도 감춰지고 좋잖아.”

“아…… 아, 네.”

아저씨의 말도 일리가 있어요. 사실 그간에 종이로 가려 놓은 곰팡이 핀 벽을 볼 때마다 가난을 짜깁기 해놓은 것 같아 기분이 별로였거든요. 아저씨 말대로 그곳에 액자를 걸어 두면 분위기도 살고, 무엇보다 궁색함을 가릴 수 있을 것 같았어요.

“집에 가자마자 잘 걸어 놔. 알았지?”

“네. 감사합니다, 아저씨!”

아저씨가 선물해 준 그림은 울퉁불퉁 질감이 나는 예쁜 유화였어요. 그걸 본 순간 울컥했어요. 우리 집엔 쓸 만한 액자도 없거니와 화가가 직접 그린 그림은 꿈도 못 꾸거든요.

그림 액자 선물은 그간 아저씨에 대한 찜찜한 생각을 날아가게 해 줬어요. 아저씨에 대한 고마운 마음이 고스란히 되살아났어요. ‘이렇게 세심하게 배려하고 챙겨 주는 분을 어디서 만날까?’ 아저씨한테 더 잘

해야겠다는 생각도 들었어요. 네, 그때까지만 해도 그랬어요. 누군가에게 사랑받는 기분이 그렇게 만들더라고요.

하지만 얼마 뒤에 아저씨에 대한 마음이 달라졌어요. 잊으려 했던 찜찜함과 께름칙함이 다시 고개를 쳐들었어요. 아저씨의 태도 때문에요. K랑 있을 때는 별말이 없다가도, K만 없으면 필요 이상으로 말을 많이 걸었어요. 처음엔 대수롭지 않게 생각했어요. '우연이겠지!' 하는 마음도 있었구요. 그런데 그 횟수가 늘면서 뭔가 이상했어요. 아저씨한테 말한 적이 없는 사소한 일까지 다 아는 것 같았거든요.

"비비야, 아무리 택배 아저씨라고 해도 집에 혼자 있을 땐 문을 열어 주면 안 돼. 그냥 밖에 두고 가라고 하는 게 좋아."

일테면 이런 조언들이요. 며칠 전 택배 아저씨한테 문을 열어 주었던 일을 마치 본 듯이 말하니까 머리가 멍해졌어요. 상황을 구체적으로 언급한 게 아니라서 따지거나 의문을 제기할 수도 없었어요. 또 원론적으로 아저씨 말이 맞으니 바로 반박하거나 대꾸할 수도 없었고요. 그러다 보니 저는 어느새 아저씨가 하라는 대로 하고 있더라고요.

가끔 뉴스를 보면 예기치 못한 사고를 당하는 사람들 소식을 듣게 되잖아요. 전 다른 건 몰라도 사망 사고가 나면 한 번 더 눈길이 가더라고요. 분명 어제까지만 해도 살아 있던 사람이었는데, 어느 한 순간 지구상에서 사라졌다 생각하면 기분이 묘해지면서요.

'저 사람들은 오늘 자신이 죽을 거란 걸 알았을까?'

'전날 어떤 꿈을 꿨을까?'

'한 순간에 삶이 끝났는데, 조짐 같은 건 없었을까?'

저도 모르게 이런 생각을 하게 돼요. 아마도 제 일이 아니어서 그런 거 아닐까 싶어요. 남의 일이니까 강 건너 불구경하듯 별 의미 없는 생각들을 떠올리는 거죠.

모든 일이 그런 것 같아요. 자기가 직접 관련된 일은 하늘이 무너지는 것 같은 충격을 받지만, 남의 일은 관망자가 되잖아요. 그 순간, 약간의 불안함은 느끼더라도 금방 잊어버리더라고요. 저는 지금껏 그래왔어요!

하지만 그 날 일어난 일은 그러지 않았어요. 분명 처음엔 남의 일이었는데 나중엔 남의 일로만 끝나지 않았어요.

여느 날과 다를 바 없는 날이었어요. 저와 K는 K네 집에서 인강을 듣고 유튜브도 보다가 넷플릭스를 켰어요. 영화 한 편을 보려고 고르는데, 둘 다 보고 싶은 영화가 없었어요. 평소에 워낙 올라오는 대로 다 봤더니 그렇더라고요. 그래서 지나간 드라마를 이것저것 살펴보다 한 편을 골랐어요. 그때까지만 해도 그 드라마가 저의 운명을 바꿔 놓을 거라곤 상상도 못했어요.

드라마의 시작은 평범했어요. 법정물이라 뭔가 전문적인 느낌이 났는데, 그 속에서도 남녀 간의 연애 모습을 보여 주더라고요. 내용은 이랬어요.

여주가 우연히 절친 집 근처를 지나갈 때였어요. 웬 남녀가 싸우고 있는 거예요. 가만 보니 싸우고 있는 여자는 여주의 절친이고, 남자는 절친의 남자친구였어요. 여주는 일단 둘의 싸움을 말리고 난 뒤 화를 내는 절친의 남자친구를 달래서 보냈어요. 그러고 나서 둘이 싸우게 된 자초지종을 절친에게 물어봤어요.

"어젯밤 우리 집에 주원이가 놀러왔거든. 우리 집 근처에서 친구들을 만났다가 내가 생각나서 들렀다는 거야. 걔야 워낙에 어렸을 때부터 친구라 난 그냥 편하게 만났지. 근데 그걸 어떻게 알았는지 남친이 물고 늘어지는 거야. 난 주원이랑 만난 걸 말하지도 않았는데, 오늘 만나자마자 다짜고짜로 '그 남자 누구야? 엄청 친해 보이던데 혹시 양다리였어?' 하면서. 치, 나한테 거짓말 잘한다며, 앞으로 너처럼 거짓말 잘하는 애하고 어떻게 만나야 할지 모르겠다다나? 나 원, 기가 막혀서……."

여주의 절친이 구구절절 하소연을 했어요. 이야기를 다 듣고 난 여주가 절친의 손을 잡고 친구 집으로 갔어요. 여주는 집에 들어가자마자 플래시를 켠 핸드폰 렌즈에 빨간 셀로판지로 만들어진 카드를 대고 방 안에 있는 물건에 비춰 보기 시작했어요. 그러다 한 물건 앞에서 탄성을 질렀어요.

"여기 봐. 여기에 몰카가 있었어. 그래서 너한테 일어난 일을 다 안 거야."

드라마의 그 장면을 보는 순간, 내 심장이 쿵 소리를 내며 떨어지는 것 같았어요. 망치로 한 대 맞은 듯 뒤통수가 아찔했죠. 온 몸이 덜덜 떨릴 정도로 모든 것이 끔찍했어요.

"K야, 나 집에 가야겠어."

무슨 정신으로 그렇게 말했는지 모르겠어요. 전 드라마를 보다 말고 벌떡 일어나 가방을 챙겨 K네 집을 빠져 나왔어요. K는 제가 드라마를 잘 보다가 갑자기 간다고 하니까 당황했던 것 같아요.

"비비, 무슨 일 있어?"

현관 앞까지 따라 나와 물었어요. 저는 아무 말도 안 나왔어요. 아니 할 수가 없었어요. 그 순간은 그냥 지옥 한복판에 있는 느낌으로 K의 말도, 아무 소리도 들리지도 않았어요.

집으로 가는 길 내내 K한테 전화가 왔어요. 연달아 울리는 진동 소리가 거슬렸지만, 전화를 받지는 않았어요. 그러자 문자를 보내더라고요. 문자가 도착할 때마다 울리는 진동 소리가 또 마음을 헤집어 놨어요. 하지만 문자도 볼 수가 없었어요. 문자를 보면 답장을 보내야 하는데, 도저히 답장을 보낼 자신이 없었거든요. 나중엔 핸드폰을 그냥 꺼 버렸어요.

'이런 일이 일어날 줄 알았어?'

'간밤에 무슨 꿈 꿨어?'

'한 순간에 인연이 끝났는데, 조짐 같은 건 없었어?'

집에 와 멍하니 이 생각을 무한 반복했어요. 지금까지 다른 사람에게만 던졌던 질문을 내게 하니 기분이 이상했어요. 답변을 못 하는 건 둘째 치고 이런 일을 당했다는 게 부끄러웠어요. 너무 바보 같아서 죽고 싶었어요. 어떻게 그 동안 단 한 번도 친절을 의심하지 않았을까요?

제 앞엔 분해된 탁상시계가 너저분하게 나뒹굴고 있었어요. 맞아요! 아저씨가 선물한 그 탁상시계 말이에요. 시계와 스피커인 줄 알았던 탁상시계를 분해해 보니, 몰래 카메라가 숨겨져 있더라고요. 그걸 어떻게 알았냐고요? K네 집에서 본 드라마가 바로 이런 설정이었거든요.

나중에 아저씨가 선물해 준 그림 액자도 떼어서 박살을 냈어요. 비싼 미술 작품이라고 생각했던 그 유화 액자에도 초소형 카메라가 숨겨져 있었어요. 너무나 명백히 잘못된, 돌이킬 수 없는 이 일을 어떡해야 할지 막막했어요.

'엄마한테 말할까? 근데 뭐라고 하지? K의 아빠가 나에게 준 선물에 몰카를 숨겨 놨다고?'

'아저씨가 일부러 몰카를 숨겨서 선물한 걸까? 혹시 아저씨도 모른 채 산 건 아닐까?'

'일단 신고부터 할까? 신고하면 경찰에서 알아서 해 주지 않을까?'

'만약 내가 아저씨를 신고하면, K는 어떻게 될까?'

마지막 질문을 떠올리자 정신이 아득했어요. 결국 이 일을 해결하려면 K가 상처 받는 것은 정해진 수순이었어요. 저는 고개를 절레절레 내저었어요. 다른 건 몰라도 그것만은 할 수가 없었어요. 친한 친구한테 그런 상처를 주고 싶지 않았어요. 그저 할 수 있는 일은 이불에 얼굴을 파묻고 펑펑 우는 일밖엔 없었어요.

다음 날부터 저는 K를 피해 다녔어요. 차마 K의 얼굴을 볼 수가 없었어요. 날마다 가족인 엄마보다 더 많이 붙어 지내던 사이니 피하는 일이 보통 힘든 게 아니었어요. 그러느라 거의 수업 시간이 다 돼 아슬아슬하게 등교하고, 쉬는 시간엔 무조건 화장실에 가고, 수업이 끝나면 부리나케 집으로 도망쳤어요.

그렇다고 K가 바로 포기할 아이는 아니었어요. 툭하면 문자를 보내 '왜 나를 피해?' 하고 물었어요. 하지만 답장은 하지 않았어요. 아니, 할 수가 없었어요. K에게 변명을 하다 보면, 분명 어떤 꼬투리라도 잡힐 수밖에 없으니까요.

하루는 K가 급식실 가는 길에 쫓아와 나를 붙잡았어요.

"비비, 도대체 무슨 일이야? 무슨 일인데 나하고 말도 안 하고 피해 다니는 거야? 너는 내가 그렇게 만만해? 네 기분대로 놀았다 버렸다 해도 되는 사람으로 보여?"

K는 그간 참아왔던 화를 한 번에 터트렸어요. 저는 어쩔 바를 몰라 쩔쩔맸어요. 마치 잘못을 저지른 아이가 선생님 앞에서 혼나는 것처럼 고개를 푹 숙인 채 K의 화를 받아 냈어요. 아이들이 '쟤들 왜 저래?' 하는 표정으로 힐긋힐긋 쳐다보며 지나갔어요. 그래도 저는 입을 꾹 다물

고 K에게 단 한 마디도 하지 않았어요. 가장 소중한 친구인 K에게 '네 아빠가 선물한 시계에 몰래 카메라가 들어 있었어.'라고 어떻게 말할 수 있겠어요.

그냥 혼자서 꾹꾹 참으며 아저씨와의 일을 잊으려고 애썼어요. 그것만이 최선이라고 생각했어요. 그래야 K가 제 아빠로 인해 상처 받을 일이 생기지 않을 테니까요.

하지만 아무리 애써 잊어버리려고 해도 나쁜 기억은 자가 증식[1]이라도 하는지 매일 단계를 높여 저를 괴롭혔어요. 하루도 거르지 않고, 누군가 날 지켜보는 꿈에 시달렸어요. 저에게 남은 건 고통뿐이었어요.

얼마 후, 악몽에서 벗어나기 위해 저는 안간힘을 다해 용기를 냈어요. 있는 용기, 없는 용기를 짜내어 아저씨한테 사진 한 장과 문자를 보냈어요.

아저씨, 왜 그러셨어요?

문자를 보내고 1초나 지났을까요? 아저씨가 바로 전화를 했어요. 아마 제가 보낸 사진이 그렇게 만들었을 거예요. 몰래 카메라가 들었던 탁상시계가 분해된 사진이었거든요.

1) 생물이나 세포 따위가 스스로 수를 늘려 나가는 현상.

“여보세요? 비비야, 네가 뭔가 오해를 한 것 같은데 네가 생각하는 그런 이상한 거 아니야. 난 너랑 엄마랑, 여자 둘만 사니까 혹시라도 무슨 일이 있으면 도와주려고……. 그래, 도와주려고 했던 것뿐이야. 사실 우리나라는 여자들끼리만 살기엔 위험하잖아.”

“…….”

“비비야, 너 K랑 친하잖아? K도 널 얼마나 소중하게 생각하는데. 그런데 내가 어떻게 그런 파렴치한 일을 할 수 있겠어?”

“…….”

“저기 그러지 말고 우리 만날까? 만나서 이야기하면 어떨까?”

“…….”

“있잖아, 비비야! 내 말 듣고 있니? 혹시 K도 이 일 아는 건 아니지?”

“…….”

“부탁인데, 이 일은 너와 나만 아는 것으로 하자, 응? 저기 앞으로 대학교 학비랑 용돈 같은 거 걱정하지 마! 아저씨가 도와줄게. 그러니까…….”

더 이상 아저씨 말을 듣고 싶지 않아 전화를 뚝 끊었어요. 아마도 전화를 끊지 않았다면 아저씬 계속 횡설수설했겠죠? 구역질이 올라왔어요. 어차피 솔직하게 인정하고 사과할 거라곤 생각도 안 했지만, 어떻게 마지막까지 그럴 수 있나 싶더라고요.

포기했어요. 사과 받는 것도, 아저씨를 신고하는 것도요. 딱히 더 심한 일을 당한 것도 아니니까 그쯤에서 그만두는 게 낫겠더라고요. 그리고 무엇보다 K가 몹시 걱정됐어요. 자기하고 가장 친한 친구를 아빠가 몰카로 지켜봤다는 걸 알면 얼마나 힘들겠어요.

마침 방학이 되어서 더 이상 피해 다닐 필요도 없이 자연스레 K와도 멀어졌어요. 그렇게 저는 다시 혼자가 됐어요. 오히려 혼자라서, 다른 사람 눈치를 보거나 신경 쓸 필요가 없어서 좋기도 했어요. 가끔 외로워서 서글프기도 했지만, 이상한 일을 당하는 것보단 나으니까요.

그런데 참 무서운 건, 이런 일에도 트라우마가 생기나 봐요. 한동안 누군가 지켜보고 있는 것 같아 괴로웠어요. 집에 있을 때나 지하철에서나 공공 화장실에서나…… 몰카가 있을 법한 장소 어디라도 불안하고 무섭더라고요. 몰카 공포가 하루하루를 좀먹고 있었어요. 하지만 그 일에도 끝은 찾아왔어요.

얼마 지나지 않아 아저씨가 몰카 추행범으로 잡혔다는 소식을 들었거든요. 네, 누군가 아저씨를 신고했다나 봐요. 그 소식을 듣고 나니까 희한하게도 그간의 공포가 눈 녹듯 사라지더라고요.

"나 전학 가. 엄마랑 같이 살기로 했어. 엄마 집 가까운 데 있는 학교로 옮길 거야."

오랜만에 만난 K가 공 하나를 툭 던지듯 말했어요.

사실 K가 말하기 전에 이미 학교에 아저씨 소문이 쫙 퍼져서 알고 있었어요. 아마 K는 무척 힘들었을 거예요. 그래서 결국 전학을 선택했겠죠. 저는 한동안 뜸을 들이다가 겨우 이렇게 말했어요.

"그, 그래. 저기…… 잘 지내."

아, 지금 생각해도 참 한심한 대답이었어요. 할 말이 무척 많았는데, 겨우 한다는 말이 이거라니……. 그간 절친으로 지냈던 것이 맞나 싶을 정도였어요.

"왜 말 안했어? 우리 아빠가 준 시계에 그런 게 있었다고."

"그, 그걸 어떻게 알았어?"

저는 깜짝 놀라 K를 쳐다봤어요. K는 저를 한 번 보더니 얼른 눈을 내리깔았어요. 차마 제 얼굴을 마주보지 못하는 듯한 느낌이었어요.

"모, 모르겠어. 사실 K 네가 제일 걱정이 됐어. 혹시라도 네가 상처를 받을까 봐. 그리고 딱히 내가 심한 일을 당한 건 아니었으니까."

저는 잠시 말을 멈췄어요. 바닥만 내려다보고 있는 K의 표정이 점점 일그러졌어요.

"그리고 아저씨한테 고마운 기억도 많고, 또 혼자 지내는 아저씨가 불쌍하기도 했어. 미, 미안해!"

"비비, 네가 왜 미안한데? 넌 피해자야. 화내고 욕해야 하는 거라고."

저의 미안하다는 말이 못마땅했을까요? K가 고개를 들고 버럭 화를 냈어요. K의 눈가는 이미 붉게 물들어 있었어요.

"모르겠어. 그냥 내가 잘못한 것 같아서…… 내가 바보 같아서……. 그냥 그래."

말을 하고 나니 이번엔 제가 눈물이 났어요. 이렇게 엉망진창이 된 게 다 저 때문인 것 같았어요. 그러자 K는 표정 없는 얼굴로 저를 물끄러미 바라보았어요.

"신고…… 내가 했어!"

순간, 제 심장이 쿵 내려앉았어요. 이건 상상도 못한 일이었어요. 다른 사람이 아닌 K가 아저씨를 신고했다면, 그동안 얼마나 힘들었을까요? 그간의 제 아픔이나 고통은 아무것도 아닌 것처럼 느껴졌어요. 숨이 막혔어요.

"나 때문에……. 내가 미안해!"

"너 때문이라고 말하지 마. 그게 옳은 일이니까 신고했을 뿐이야. 나도 우리 아빠가 그런 사람인 건 상상도 못했어."

K가 울음 섞인 목소리로 그간의 일을 말하기 시작했어요. 말하는 것만으로도 힘든지 한 마디 하다 멈추고, 한 마디 하다 멈추고……. 목이 메어 자주 멈췄어요. 그리고는 입술을 자근자근 깨물다가 겨우 말을 이어 가더라고요. 옆에서 보는데 가슴이 너무 아팠어요.

K도 아주 우연한 기회에 그 일을 알게 됐대요. 몰카가 들어 있는 그림 액자. 네, K네 식탁 바로 위 벽에 걸려 있었던 그림 액자 말이에요. 맞아요! 아저씨가 저한테 액자를 선물할 때 같이 샀다며 가리켰던 그 액자요. 그러니까 그 액자도 저에게 줬던 것처럼 몰카가 들어 있었던 거예요. 그걸 내내 모르고 있다가 K가 그 액자를 다른 액자로 바꿔 달다가 우연히 알게 됐대요.

"나한테 말해 주지 그랬어? 네가 말을 했더라면……."

K는 뒷말을 잇지 못했어요. 차마 말하기 힘들었던 것 같아요. K의 말

대로 만약 제가 말을 했다 해도 이보다 상황이 나아지진 않았을 거예요. 어차피 이 일은 모두가 내상을 크게 입은 채 각자 자리로 돌아가서 잊고 지내는 수밖에 없을 테니까요.

"많이 힘들었지? 미안해, 비비야! 정말 미안해! 그러니까 너 때문이라고 말하지 마. 사실 난 아무것도 모른 채 갑자기 네가 멀어져서 많이 원망했어. 그러니까 사과해야 할 사람은 나야."

그게 K와 나눈 마지막 대화예요.

K는 말한 대로 전학을 갔고, 얼마 안 있어 저도 엄마와 이사를 했어요. 당연히 전학도 했고요. 그리고 지금은 그 일을 잊으려고 노력하고 있어요.

제 이야기는 여기까지예요. 좀 길었죠?

이곳에 제 이야기를 올리는 데 무척 큰 용기가 필요했어요. 이미 지나간 일이라 자연스레 잊힐 줄 알았는데, 그게 아니더라고요. 명치끝에 묵직한 무언가가 걸린 것처럼 답답했어요.

누군가 그러더라고요. 때로는 마음속의 이야기를 털어놓는 것만으로도 마음이 편안해질 거라고요. 그래서 늘 눈팅만 하던 이곳 익명 게시판에 글을 남겨요. 그런데 마음이 참 이상해요. 이야기를 다 하고 나니까 K가 너무 보고 싶은 거 있죠? 아저씨랑 편한 사이로 지냈던 때가 그립기도 하고요. 이런 제가 이상한가요?

끝으로 이 글 주작 아니에요. 악플 말고 제가 나쁜 기억을 이겨 낼 수 있도록 지혜로운 조언 부탁 드릴게요.

8개의 댓글

미스터리K 2023. 6. 25 20:17

언니야, 자기 잘못 아닌 거 알지? 힘내.

붉은 무늬 2023. 6. 25 20:18

K에게 처음부터 이야기했다면 더 낫지 않았을까 싶네요. K 입장에서는 믿었던 친구에게 하루아침에 절교당한 것처럼 느껴졌을 테니까요.

트리오 2023. 6. 25 20:20

K의 아빠라는 사람 처음부터 좀 그랬음. 택시비 과하게 줄 때부터. 더러워. 그런데 쓰니[2]는 그거 이상하게 생각 안 했음? 나 같음 아무리 친구 아빠라도 그런 돈 안 받았을 듯.

민낯은 좀 그래 2023. 6. 25 21:05

언니도 좀 그래. K가 엄마 집에 갔는데, 거길 왜 감? 친구 아빠든, 뭐든 남자 아님? 고등학생이나 되었으면 자기 상황은 스스로 지켰어야 하지 않음?

늦게 피는 꽃 2023. 6. 25 21:22

'민낯은 좀 그래' 님아, 이걸 쓰니 책임이라고 하는 능지[3]는 뭐임? 제정신임? 댓글로 꼰대질 쩌네. K도 자기 아빠가 잘못이라고 명확하게 말했잖음. 정신 차려.

---

2) '글쓴이'를 나타나는 신조어.
3) '지능'을 일컫는 신조어.

룰루 난나 2023. 6. 25 21:31

이게 뭐임? 한 사람의 잘못 때문에 쓰니는 영혼의 친구를 잃고, K는 친구와 아빠를 잃고. 끔찍하고 슬프다.

오즈 2023. 6. 25 21:42

근데 난 이 글 좀 이상해. 주작 아닌가? 쓰니는 '난 아무것도 모르는 피해자예요.' 하고, 더 충격 받았을 K가 아빠 신고하고 자기한테 절교 선언한 친구 이해하고……. 뭐 이러지? 엿 같네. 부디 주작이길.

사하라 2023. 6. 25 21:52

소오름. K 부모님이 이혼한 이유가 있었네. 으윽, 토 나와.

작가의 말

세상 곳곳의 민찬이

2021년, 5학년이었던 우리 반 민찬이(가명)을 만나기 전까지 저는 '아동 학대'란 아주 아득히 먼 곳의 이야기라고 생각했어요. 존재하는 건 알지만 나와 닿는 구석은 없는, 안타까운 비극 정도로 생각하고 있었죠. 15년 이상 아이들을 가르쳐 왔던 저에게도 민찬이를 둘러싼 여러 경험들은 충격으로 다가왔어요.

한번은 집이 멀어서 등교시키기 힘들다며, "선생님, 오늘은 그냥 집에서 공부시키면 안 될까요?"라는 말을 쉽사리 내뱉는 학부모와 언성을 높여 가며 통화한 적이 있었어요. 그때 번뜩 급식 생각이 났어요. 학교를 와야 민찬이가 제대로 된 밥을 먹을 수 있을 텐데 하고요. 아이의 건강 상태가 엉망인 걸 보고 병원에 데려 가려고 주민 등록 번호를 알려 달라고 전화했을 때는 "아이고, 선생님 제가 기억을 못해요."라는 답이 아무렇지 않게 돌아왔지요. 그때 깨달았어요. 이 세상에 민찬이를 보호해 줄 사람이 저밖에 없다는 사실을.

1년이란 시간 동안 민찬이에게 좋은 책을 많이 읽히고 싶었어요. 우리 교실엔 혼을 쏙 빼도록 재미있는 책들이 수천 권이 있었거든요. 취향을 캐물어 좋아할 만한 책을 디밀어 보아도 민찬이는 단 한 권도 읽어 내지 못했어요. 아쉽게도 민찬이에게는 책의 세계에 푹 빠져 탐닉할 권리가 주어지지 않았거든요. 부모에게 사랑받을 권리, 건강하게 보호받을 권리, 맛있는 식사를 제공받을 권리도요.

담임으로서, 한 사람의 어른으로서 혼자 감당하기 어려워서 SNS에 사연을 알렸어요. 2021년에 아직도 이런 아이가 있다고, 도움이 필요하다고요. 많은 분들이 그 글을 읽고 같이 걱정해 주고, 방법을 찾아주고, 울어 주었지요. 그 과정에서 정명섭 작가님이 손을 내밀어 주셔서 이번 책에 작품을 쓰게 되었답니다.

이런 생각을 해 보았어요.

'우리 교실에서 만났던 민찬이처럼 인지하기 쉬운 아동 청소년 학대를 막는데도 여러 걸림돌이 있는데, 숨겨진 곳에서 은밀하게 일어나는 학대라면? 아동과 청소년을 도와주려는 선한 의도에서 시작했더라도, 결과적으로는 그들에게 고통을 주는 또 다른 종류의 학대가 있지 않을까?'

〈떡상의 세계〉는 그런 학대의 모습을 그려 본 이야기입니다.

물론 이 한 편의 작품으로 바로 아동 청소년 학대가 사라질 것이라고 낙관하지 않습니다. 지뢰처럼 곳곳에 박혀 있을 어린 영혼들을 파괴하려는 다양한 시도를 감지하고 추적하는 것, 그것이 우리가 할 수 있는 시급하고도 묵직한 첫 발걸음이 될 테니까요.

〈떡상의 세계〉 작가 _ 김여진

나 자신에 대한 믿음

여러분은 학교생활이 즐겁나요? 즐거운 사람도 있고, 죽기보다 싫은 사람도 있을 거예요.

저는 학교에 가기 싫은 학생들을 생각하며 이번 작품을 썼어요. 작품 속 주인공 민우가 살고 있는 산동네는 바로 제가 어렸을 때 살았던 곳이에요. 약수터로 가는 산길을 따라 올라가야 했고, 중간에 무덤도 있어서 밤에는 참 무서웠답니다.

저는 그때 산동네가 너무도 싫었어요. 아마도 빈곤한 환경이 싫었을 거예요. 그 시절을 어떻게 버텼는지 세세하게 기억나지는 않지만, 친구들이 힘이 되었던 것 같아요. '우리 같이 이겨 내자!' 하면서 함께 공부했죠.

여러분 중에도 내 모습이 싫고, 자신이 처한 환경이 싫은 사람이 있을 거예요. 저는 그런 사람에게 '너는 존재 자체로 가치가 있단다.' 말해 주고 싶어요.

항상 부족해 보이는 내 모습이라도 곰곰이 장점을 찾아보세요. 미소가 아름다울 수도 있고, 개그가 특기일 수도 있잖아요. 지금 이 책을 읽는 것으로 보아 책을 좋아할 수도 있고요. 아니면 지금부터 독서왕이 되어 보는 건 어떨까요?

푸시킨은 〈삶이 그대를 속일지라도〉라는 시에서 '슬픔의 날을 참고 견디면, 머지않아 기쁨의 날이 오리라.'라고 노래했어요. 여러분도 자신을 믿고 힘을 낸다면, 분명 오늘의 힘듦을 추억하는 멋진 사람이 될 거예요. 그러기에 우리 힘내자고요!

〈아파트를 보다〉 작가 _ 윤자영

보이지 않는 세계

인간은 늘 새로운 공간을 찾아냈어요. 배를 타고 망망대해를 건너 새로운 땅을 찾았고, 우주선을 타고 대기권을 벗어나 달에 발을 디뎠습니다. 튼튼한 잠수함으로 물속 깊은 곳까지 이르기도 했고요.

현실 속 공간들을 정복하고 난 후에는 '사이버 공간'이라는 가상의 세계도 만들어 냈죠. 사이버 공간은 사람들의 관심 속에 발전을 거듭했습니다. 사이버 세계에선 외모나 직업, 성별이나 능력으로 평가받지 않아요. 그래서 많은 사람들이 그 세계에서 위안을 찾기도 해요.

하지만 사람이 있는 곳에는 항상 범죄가 발생하는 법. 신원을 확인할 수 없는 가상 공간은 범죄자가 활개 치기 딱 좋은 곳이에요. 어른이나 경찰의 보호를 받을 수 없고, 신고를 할 수도 없으니까요. 그래서 메타버스로 대표되는 가상의 공간에서는 적지 않은 범죄들이 발생합니다. 특히, 미성년자를 대상으로 하는 그루밍과 가스라이팅, 성폭력 범죄들은 심각한 정도지요. 지금 이 순간에도 수많은 피해자가 생겨나고 있으며, 가해자들은 또 다른 희생양을 찾아 헤매고 있을 거예요.

눈에 보이지 않는 곳에서의 정신적인 괴롭힘은 주먹과 흉기를 쓰는 폭력과 다를 바가 없어요. 보이지 않는 공간이라고 외면한다면 더 많은 피해자, 특히 어린 희생자들이 생겨날 거예요. 그리고 그들을 보호하지 못하는 사회 역시 피해를 입게 될 테고요. 이런 악순환의 고리를 끊기 위해서 우리 모두의 노력이 필요한 시점입니다.

〈늑대 오빠〉 작가 _ 정명섭

여기 '문제' 있어요!

첫 책을 낼 때 작가의 말에 이런 말을 썼어요.

> 문학으로 세상에 무엇을 할 수 있을지 늘 고민을 한다. 때로는 아무것도 할 수 없어 무력해지기도 하지만, 그럼에도 불구하고 끊임없이 쓰는 이유는 '문제'가 있음을 보여 주기 위해서다.

〈친절을 믿지 마세요!〉는 이런 첫 책의 고민에서 시작됐어요.

여기 한 사람의 범죄 피해자가 있어요. 자신에게 왜 이런 일이 벌어졌는지 도무지 이해할 수 없는 채 깊은 고통 속에서 몸부림쳐요. 실제로 범죄가 발생했지만 수사 기관은 이를 알지 못하고, 설혹 안다 할지라도 증거가 불충분하다며 범인을 잡을 수 없다고 말해요. 피해자는 혹시나 다른 사람에게 피해 사실이 알려질까 두려워 혼자 절망을 끌어안고 자책할 뿐이에요. 세상에서 가장 원망하기 쉬운 사람, 바로 '자신'을 저주하면서요.

이런 범죄를 알려지지 않은 범죄, '암수범죄(暗數犯罪)'라고 불러요. 주로 성범죄나 학교 폭력, 가정 내 아동 학대처럼 피해자가 수치심과 두려움 때문에 신고하기 주저하는 경우를 말하죠. 〈친절을 믿지 마세요!〉도 주인공이 일종의 암수범죄를 당해 벌어지는 사건을 다루고 있어요.

자신이 범죄에 노출되기 바라는 사람이 있을까요? 그러나 범죄는 어느 날 덜컥 나에게, 또 내 주변 누군가에게 벌어질 수 있어요. 불행하지만 그게 현실이죠.

이런 현실에 대해 '나는 작가로서 독자에게 무슨 말을 해줄 수 있을까?' 내내 고민스러웠어요. 아무것도 할 수 없어 무력해지지 않기 위해서 여기 '문제'가 있음을 이야기하려고 했어요. 그리고 이번 이야기를 한 줄 한 줄 써 내려가면서 한 가지 더 욕심을 냈어요.

'이 이야기가 누군가에게 위로가 되고, 용기가 되기를…….'

그거면 됐답니다!

〈친절을 믿지 마세요!〉 작가 _ 임지형

봄개울은 봄햇살 아래 책 읽는 소리가 졸졸졸 흐르는 세상을 꿈꿉니다.

초판 1쇄 2023년 6월 15일 | **글** 김여진, 윤자영, 정명섭, 임지형 | **표지그림** 허은미
펴낸이 박우일 | **만든이** 김난지 | **꾸민이** 손미선 | **제작** (주)웅진, 신홍섭
펴낸곳 봄개울 | **등록번호** 390-96-00662 | **주소** 강원도 춘천시 남면 충효로 750-12
전화 033-263-2952 | **팩스** 0303-3130-2952
이메일 bomgaeulbook@naver.com
블로그 blog.naver.com/bomgaeulbook

ISBN 979-11-90689-65-6 (43810)

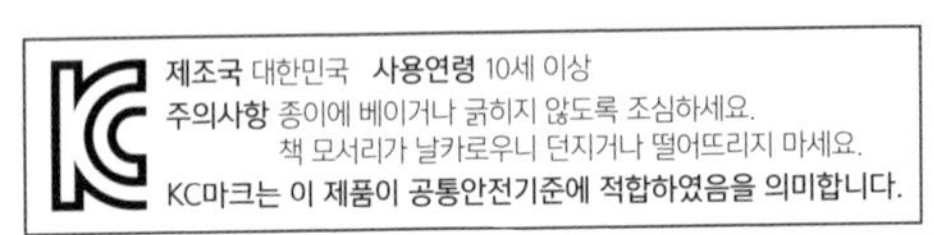